京都祇園　神さま双子のおばんざい処

遠藤　遼

JN167587

STARTS
スターツ出版株式会社

薄紅の桜の花びらが、祇園の町の空に舞う。
舞妓のかんざしに少年は恋をし、
少女は神社にそっと胸の内を願う。

都の栄華に憧れる者たちの夢を聞き届けるために、
双子の神さまが人の世に降り立った。
兄は寡黙に人々の糧を作り、弟は言葉で人々の心を励ます。
おばんざいの『なるかみや』は双子の神さまのお店。
一日一組限定、献立はあなたの心を見て決めます。
あなただけのための料理をお作りします。
お代は神さまの御心のままに。

――これは、京料理人を目指していた私が、
神さまのおばんざい屋さんで邂逅した嘘のような本当の話。
きらきら輝く宝石のような大切な思い出を胸に、
私は今日もおばんざいを作る。
あなただけのための料理を、私だけの作り方で――。

目次

京都祇園　神さま双子のおばんざい処

プロローグ

私の挑戦、終わっちゃった――。

ぼんやりにじむ景色とさらさらと流れる鴨川の音。その昔、「鴨川の水と双六のサイコロ、延暦寺の山法師だけは思い通りにならない」と嘆息した偉い人がいたと学校で習ったけど、それ以外にも思い通りにならないことはいっぱいある。私、鹿池咲衣《しかいけさえ》は軽く鼻を啜って、つい先程告げられた不採用のお祈りメールをもう一度読み返す。

「いけると思ったんだけどなあ……」

呟く声がかすれた。まつげに涙が溜まる。また目の前が歪んで、スマートフォンの文字を読めなくした。川面を渡る風が私の長い髪を揺らしていた。

物心ついたときからぼんやりと〝和食の料理人〟に憧れていた。

もともと、東京の実家が小さな定食屋をやっていたので、料理を作る仕事に囲まれて育ったせいもあるかもしれない。

でも、決定的にこの道を目指そうと思ったのは、高校の修学旅行で訪れた京都で食べた京懐石の影響だった。

鮮やかな彩り、上品な出汁の味。京都の寺社と自然の間にある店の美しい佇まいも料理を引き立てるようだった。まるで五感すべてが自然に溶け出して、その自然の恵みをいただいているような豊かな時間。実家の定食屋の、ランチがワンコインで学生、サラリーマンや工事作業のおじさんたちの戦場みたいなところとは大違い。私が求めていたものはこれだと思ったのだ。

短大で管理栄養士の資格を取り、卒業したあとは東京の懐石料理の店で本格的に和食を習った。

昔ながらの厳しい板長に何度も怒鳴られた。堪え切れなくてトイレに駆け込み、声を殺して泣いたのは一回や二回ではない。

私は歯を食いしばってがんばった。

そんな環境で四年。努力に努力を重ねた甲斐あって、その店で一通りの料理ができるようになった私は、自分の「京都」への夢を板長に打ち明けた。

いかにも職人風の髪を短く刈り込んだ板長はため息をついた。そんな彼を見るのは初めてだった。

「あんだけ怒鳴られてもがんばってたから、何か夢があるんだろうと思ってたけど、そうか、『京都』か。いいぞ。行ってこい。そして帰ってくるなよ」

板長はぶっきらぼうながら私の決意を尊重して送り出してくれて、私は京料理の店の採用試験を受けたのだ。

教えられたこと、学んだことのすべてを出した。

だけど――。

『東京の料理人さんは、お醤油ばっかりやと思とったんやけど、ずいぶんやさしい味やなぁ』

『雲をいただいているようで、子供さんに夢のあるお料理ですなぁ』

面接をしてくれた板前と女将のやんわりとした言葉のやりとりを、私はただ微笑んで聞いていただけだった。

試験が終わると、京都に住んでいる昔からの友達に即行で電話して、さっきの講評を訳してもらった。

「咲衣さ、それって言いにくいんだけど……」

要するに、「甘ったるくて、味がぼやけていて、子供の料理だ」という意味だったらしい。

京都弁のオブラートに包まれていて分からなかったとはいえ、にこにこ笑って聞いていた私、まるっきり馬鹿みたいじゃん。

この友達、清水《しみず》早苗《さなえ》――いまは結婚して岩田《いわた》早苗は、幼なじみで短大までずっと一緒だった腐れ縁。かわいらしい子なのにしょっちゅう嘘をついては私を困惑させてくれていたから、その説明も嘘じゃないかと勘ぐった。

しかし、そのすぐあとにお祈りメールが届いて、早苗が嘘をついていたわけではなかったことが判明した。早苗も、こういうときに限ってほんとのこと言うなよ。それと、お祈りメール早すぎ……。

鴨川の川岸には、申し合わせたかのように等間隔で恋人たちが座っている。

そんな甘い空間に、ひとりだけ顔に縦線が入ったような私がいていいのか。

いいのかも何も、他に行くところないんですけど？

散々お世話になったくせにわがまま言って、はなむけの言葉までもらって送り出された東京の店に戻るのはさすがに気が引ける。

「でも、東京に戻るしかないよね――」

東京に戻れば実家がある。都会でもなければ下町でもなくて、もっと西の方ののんびりしたところで、武蔵野なんて呼ばれる辺りだけど。

そこでうちの実家は何十年も小さな定食屋をやっている。

職業に貴賤はない。定食屋だって立派な仕事だ。

東京に帰って朝から晩まで、お客さんに笑顔で定食を作ろう。

そうすればこれまで磨いてきた料理の腕も無駄にならないですむ。

もう二十四歳だけど、看板娘としてご近所の評判になれるかな。

小さい頃から、お父さんに似た色白の肌とぱっちりした目を常連さんに褒められてたから、まだいけるかも。

最近、お父さんの血圧がまた上がってるってお母さんも心配してたから、私が実家に戻れば少しは安心してもらえるかもしれない。

そもそも私一人っ子だし。家に戻って両親を安心させて、そのうちお婿さんを取って——。

……でも、心のどこかで声がする。

「それでいいのか」と。

いいわけないじゃない。

私だって悔しいよ——。

鴨川の川面が、また蜃気楼のように揺らめいた。

「せっかく京都に来たのだから、少しは京都らしいところへ寄って帰ろうか」

京都は、さっき電話した悪友の早苗の結婚式以来だから四年ぶりになる。

もっともそのときは彼女の結婚式に出席するために来たわけだから、観光なんてしていない。そういう意味では中学校の修学旅行以来の京都観光になるのだ。一泊くらいはしていっても構わないだろう。どうせ、無職になってしまったのだし。

もう少し気分が上向いていれば、いろいろ見て回る元気もあるのだろうけど。あまり落ち着いたところへ行ってしまっては、そのまま仏門に入りたくなるかもしれないから場所は考えよう。出家しちゃってもいいのかもしれないけど。

私がいまいるところは鴨川の北の出町柳にある下賀茂神社の近く。毎年五月十五日に行われる有名な葵祭はもう終わっている。もともと、葵祭が終わって先方の店が少し暇な時期を狙っての実技試験日程だったのだ。

「――八坂神社、行こうかな」

そう思ったのは、東京の実家のそばにも同じ名前の八坂神社があるから。私はスマートフォンでルートを調べ始めた。

「八坂神社っていったら、祇園のそばだよね」

祇園といえば舞妓さんである。本物の舞妓さんを拝んでこよう。

ついでに、京都のおばんざいもいただいてみようかな。

おばんざいというのは、お番菜、お晩菜、お万菜などと書いたりもする言葉で、昔から京都の一般家庭で作られてきた惣菜のことだ。

この辺りの京懐石や、ここから南に下った先斗町辺りの高級京懐石をいただく心の余裕はまだない。だけど、せっかく京都に来たのに自分の味が通用しなかったことだけを確かめて帰るのはもったいない。

気取らないけどおいしい京都の惣菜を食べよう。

そう思ったら、急にお腹が鳴った。

試験の緊張で、朝から何も食べていないんだったっけ。

私は両手で自分の頬を軽く数回、叩いた。弱った心を励ますおまじない。

「よし。行こう」

本当は思い切り泣きたいけど、女は涙を見せないもの。誰かに元気にしてもらう女になるより、誰かを元気にする女でいたい。

こんなだから板長や先輩たちからは、体育会系だとか色気より食い気とか言われたけど、本当は女らしいところもあるんですからね。スタイルだって気にかけているし。部活だって運動系じゃなくて茶道部だったし。

でも人間、食べなきゃ元気にならないもの。それに食べるならおいしいものの方がいいに決まってる。

このほんのささやかな思いつきが、これから私に大きな影響を与えるとはまったく想像していなかった。


八坂神社は京都市東山区祇園町北側《ぎおんまちきたがわ》にある。日本三大祭りの祇園祭でも有名だ。明治維新前は祇園社と呼ばれていて、当時は鴨川一帯までの広大な境内地を有していたという。それが縁で辺りを祇園と呼ぶようになったそうだ。

いまでも八坂神社は「祇園さん」の愛称でも親しまれている。

どっしりした丹塗りの西楼門から参拝。ぐるりと回り込むようにして本殿と舞殿をお参りする。八坂神社のご祭神は素戔嗚尊《すさのおのみこと》やその妻、八人の子供たちなど十三座。

さすがに人が多い。

何でも、京都府内での正月三が日の参拝者数では、伏見稲荷大社に次いでこの八坂神社が第二位だそうだ。いまの季節は外国人も多いし、学生服のグループもいる。修学旅行だろうか。何だか懐かしい気持ちになった。

再び西楼門から出て、祇園をひとりでそぞろ歩きする。

京都の町並みは碁盤の目のようになっているというが、ゆるく道が曲がっているところもあって、見慣れぬ町家づくりの道だと意外と迷う。気がつけば同じところをぐるぐる歩いていた。あの女子高生グループ、さっきも見かけた気がする……。

ちょうどいい時間だったのか、支度を終えた舞妓さんが道を歩いてる姿に何度か遭遇した。

同性ながら思わずうっとりしてしまう。

白塗りの顔に赤い紅。それなのにのっぺりした感じにならず、透明感を感じさせる白いお化粧だった。唇にさす紅は、下唇だけの舞妓さんもいれば、上唇にも紅をさしている人もいた。修行を始めて一年未満の舞妓さんは下唇だけだという。たしかに下唇だけ紅を塗っている舞妓さんは、まだどこか幼さを残したようにも見えた。私みたいにならないで、夢を叶えてほしいなぁ。

そういえば、最近は舞妓体験なるものを利用すれば、舞妓修行をしていない私でも舞妓さんの格好をさせてもらえるらしい。舞妓さんは芸妓さんの見習いということで二十歳が上限らしいから、二十四歳の私がするなら芸妓体験なのかしら。これこそ京都でしかできない体験なのだから、話の種に一度やってみようかな。

ところが、舞妓さんに見惚れていた私はとんでもないことに気づいた。

「——お財布がない」

スマートフォンを取ろうとトートバッグに手を入れたときに分かったのだ。

慌ててバッグの中身を漁るけど、私の黄色い長財布はどこにもない。

道の端に寄ってもう一度よく見てみるけど、やっぱりなかった。

嘘でしょ……。

どこかで落とした？　どこで落とした？

八坂神社に参拝したときにお賽銭を出そうと財布を出した。そこまではあったはず。

ひょっとしてそのときに落としたのだろうか。

神社から出て道を確かめるために何度かバッグからスマートフォンを出したときにはあったような気がするけど、自信がない。

スマートフォンの出し入れのときにいつの間にか落としていたのだろうか。

それにしても、いくらさっきの面接で落ち込んでいるとはいえ、財布落として気づかないか、私？

「ここに来るまでのどこかで落としたのは間違いないから――」

財布を落としたということは、お金を落としただけではない。運転免許証もキャッシュカードもクレジットカードも全部落としてしまったということだ。

とにかく急いで捜さなきゃ。

ところが、祇園界隈を舞妓さんを探してうろうろしていたせいで、自分が歩いてきた道がよく分からない。

そんなことを言っているあいだに、悪い人に拾われたりしたら大変だ。捜そう。

碁盤の目になっている通りのせいで、かえってどこも同じような道に見えてしまう。

慌てれば慌てるほど、本当に同じところばかり歩いてしまい、ますます焦った。

西日になってきた。やはり八坂神社まで戻らないといけないかな。泣きそうになってきた。

そのときだった。

引き戸が開く軽やかな音がした。

財布を捜して足元ばかり見ていた私は、その音に思わず顔を上げる。

ちょうどすぐ目の前、町家の引き戸が開いたところだった。

出てきたのは、とんでもないイケメンだった。

意志の強さを感じさせる凛々しい眉、長いまつげに覆われた黒目がちの瞳がまず目を引きつけた。鼻筋はまっすぐで、口元の引き締まった感じが努力家の印象を与える。それら顔のパーツが、きめ細かく色白の肌に寸分の狂いなく配置されている様は、思わずため息が出てしまう。

転職に失敗した上に、財布まで落として途方に暮れていた私が、一瞬、それらのすべてを忘れてまじまじと見つめてしまったくらいの美形だった。

しかし、男性の着ているものを見て、思わず心が強張って立ちすくんでしまった。男性が身につけていたのは、作務衣と前掛け。一目で和食料理人だと分かる。驚いてのれんの周りを見れば、『なるかみや』という屋号が柱に小さく見えた。

いま、そんな格好を見てしまうと、さっきの実技試験を思い出してしまう。胸が痛い。自分で思っているよりも、私の心はつらかったみたいだ。食い気でごまかそうとした心の柔らかいところが露呈して、思わず動けなくなってしまった。

その間に、男性はかがみ込んで慣れた手つきで入り口の左右に盛り塩を調えていた。

男性が立ち上がった。

かすかに男性の身体から出汁の香りがした。

深くてやさしい香り。この店は初めてなのに、深く心の郷愁を揺さぶってくるような不思議な感じがする香りだった。

どんな材料をどんな按分で作っている出汁だろう。思わず鼻をひくつかせた。普段からの癖だ。

その拍子に、男性と私の目が合った。

不思議な目だった。

どう見ても大人の男の人なのに、赤ちゃんみたいなきれいな目をしている。こうして正面から見るとどことなく物憂げなクール系のイケメンだ。その顔立ちとのアンバランスさに、心が引きつけられた。

「……あ、あの」

私が何かを言おうとしたとき、男性の方が先に言葉をかけてきた。

「今日のお客はおまえだ。――入れ」

「え？」

何かの聞き間違いかと思って聞き返したが、男性は同じ言葉を繰り返した。今日のお客はおまえだ。入れ。ずいぶんざっくりした言い方だった。

「ここは『なるかみや』という。おばんざいの店だ。食べていけ」

「い、いえ、その」

おばんざい屋さんに行って、京都のおばんざいを食べていこうとは思っていた。

だから、何事もなければ、このお店でも問題はなかっただろう。

しかし、こんなイケメンにいきなり客引きされたら、ぼったくりかと疑って二の足を踏んでしまう。これほどのイケメンに知り合いはいないし、初見のイケメンから親切にされるほど、私が美人な訳でもない。何で私はこんなにイケメンイケメンと連呼しているんだろう……。

何よりも、私は財布を持っていない。いまはおばんざいよりも財布である。イケメンよりも私の黄色い長財布に会いたい。

私が立ち去るタイミングを窺っていると、店の中からもうひとり出てきた。

「どうしたんだい、拓哉《たくや》。何かあった？」

出てきたのはまたしてもイケメンだった。店先にかける紺一色ののれんを持っている。拓哉と呼ばれた先ほどの男性は黒髪だったが、出てきた男性は茶髪で健康的な肌色をしていた。着ているものはジーンズにトレーナーで、作務衣ではない。拓哉という人は物憂げな表情のクール系だったが、こちらの男性はにこやかな表情を浮かべていて、まるで子供がそのまま大きくなったような純真さを感じさせた。

そこで不思議なことに気づいた。

拓哉という男性と茶髪のイケメンさんの目がそっくりだったのだ。

よく見てみれば顔立ちも結構似ているかも。ひょっとしたら兄弟なのだろうか。

イケメンで、祇園で店が持てるくらい和食の腕がある兄弟なんて、何だかずるい。

「弥彦《やひこ》。彼女を今日のお客にする。入ってもらえ」

拓哉と呼ばれた人は、いい人なのかもしれないけど、舌足らずなタイプだよね。

「ごめんね～。拓哉はさ、いい奴なんだけど言葉がいつも足りないんだよ。まあ、昔ながらの料理人みたいで、それなりにかっこいいと思うけどさ」

まるで私の心の中をそのまま言葉にしたみたいでびっくりした。弥彦、と言っただろうか。この茶髪イケメン、外見のちゃらさに騙されてはいけないタイプ？

「あ、私、この辺を歩いていただけなので……」

うまく距離を取ろうとしたが、茶髪の弥彦さんが詰めてきた。

「このお店はさ、僕らでやってるんだ。僕が鳴神《なるかみ》弥彦。こいつが鳴神拓哉。だからこのお店は『なるかみや』」

「おふたりはご兄弟？」

「兄弟というか、双子？」

「ああ、それで。おふたりの顔が似てるなと思ったんですけど、双子だからなんですね」

その言葉に、ふたりが微妙な顔をした。

「こんな軽薄な男とは似ていない」

「こんな堅物な奴とは似てないよ」

険悪とまではいかないけど、まあ、いろいろあるよね。家族って。

「弥彦、あとは任せた。俺は仕込みに戻る」

仕込みという言葉に、また少し胸がうずいた。

「はいよ。——まあ、こんなふうにして、拓哉は料理を作る。僕は給仕接客全般をする。その中にはいまこうして話しているようなお店の広報宣伝活動もするし、経理関連もする。僕、こう見えて働き者なんだよ」

「はあ」

本当の働き者は自分でそんなこと言わないと思う。

「要するに弥彦は雑用だ。そう思ってくれて構わない」

「雑用……」

いくら何でもあんまりな言い方だと思う。弥彦さんはあえて無反応を貫いてるし。

「で、このおばんざい処『なるかみや』はちょっと変わっていてね。ネットはもちろん、あらゆる媒体から名前を隠しているんだ」

「一見さんお断りってやつですか」

京都の祇園ならさもありなんだ。だけど、それならなおさら私がお客というのはおかしな話になる。

「ははは。それは祇園のお茶屋さん。ひょっとして、お座敷遊びとかしたかった？」

会話が微妙にずれる。

「いえ、私は別に」

　とはいえ、お座敷遊びを女がしてはいけないという決まりもない。かわいい舞妓さんときれいな芸妓さんをはべらせてお酒を飲んだら、鬱屈したこの気持ちも晴れるかもしれない……。

「お茶屋さんなら僕が顔が利くからいつか連れていってあげる。でも、今日は拓哉のおばんざいを食べるといいよ」

　弥彦さんが私の背中を押した。

「あ、ちょ、ちょっと待ってください。その、言いにくいんですが、お金が」

「それなら心配しなくていいよ」

「え？」

「僕たちのお店、金額は特に決まっていないんだよ」

「えー……」

　ひょっとして「時価」ってやつですか。ものすごく危険なんじゃないんですか？

　しかし、店内から漂ってくる上品な出汁の香りが、私の気持ちを揺さぶる。料理人としても、ただの鹿池咲衣としても食べてみたい。

「あとで高額な請求をしたりはしないよ。ときどき子供だって食べに来るくらいだし」

「子供さんが払える範囲ってことですか」

それにしては本格的な香りなのだけど。

「うーん。ちょっと違うかな。説明しにくいんだけど、拓哉はその人にふさわしい料理だけを提供する。金額も、その都度あいつが決めてるから僕にはよく分からないんだけど、いままで高すぎるってクレームになったことはない」

「なるほど」

要するに、リーズナブルなお値段だということかしら。

「他にもうちの店のルールがあってね。一日一組限定。メニューはなし。僕たちがお客さんのためだけの料理を作る」

「……鳴神さん、それってやっぱりお高いお店の条件ですよね」

普段なら、修行料とか必要経費とかって考えるけど、いまはお財布がないのだ。

「大丈夫だよ。拓哉が五千円って言っても、千円しか払わなかったお客さんもいるし。あと、僕らのことは下の名前で呼んでよ。そうしないと、僕なのか拓哉なのか分からないからさ」

「はあ、でもですね」

「何かまだ気になることがある？」

私は意を決して打ち明けた。

「財布を落としてしまったんです」

「災難だったね、いろいろと」

「ええ……」

弥彦さんがお茶を淹れてくれた。しみじみと慰められながら、翡翠色の温かなお茶をいただいていると、本当に涙が出そうになってきた。

町家を改装した店内は思いのほか、広々としていた。

江戸時代には間口税といって、玄関の間口の広さに応じて税金を課したとかで、祇園の町家は入り口は狭く、奥は広く、いわゆるうなぎの寝床のように作られている。

この店も、入り口はごく狭く、しかも照明も落とし気味で雰囲気があった。三和土《たたき》があったが靴のまま上がれる設計になっている。

三和土を上がった突き当たりで左に入ると、美しい内装が出迎えてくれる。木と土でできた内装は、広く、明るかった。奥のカウンターの白木が光っている。このカウンターだけで七席あった。

向かって右には、オープンになっているテーブル席と、仕切りがあって半個室のような使い方のできる席がある。それぞれ六人掛けのテーブルと四人掛けのテーブル席だが、互いに入れ替えることもできる空間はある。

カウンターに向かって左手にはお座敷席もある。お座敷席は十人以上入れるだろう。

俗っぽくなく、かといってお高くなく、品がある。食べ物屋さんのはずなのに、なぜか神社の境内のような感じがした。

いま私は、きれいに磨かれた白木のカウンター席に座らせてもらっている。まるでついさっき切り出されたばかりのような白く美しい木だった。

カウンターに座れば拓哉さんが目の前でおばんざいを作ってくれるのが見られる。少し覗き込むと、清潔なまな板や使い込まれた調理器具が見えた。拓哉さんの後ろには何本かのお酒の瓶が並んでいて、名前が書かれたものもあった。

拓哉さんは仕込みの手を休めてスマートフォンで何件も電話をしてくれていた。

「いま、八坂神社の関係者やこの辺りのお茶屋さん、あとおまわりさんにも連絡した。残念ながらそういう落とし物の連絡はないそうだが、おまえの財布が見つかったらすぐに持ってきてくれる」

「あ、ありがとうございます」

「みんな、うちのお客さんなんだ。だから、拓哉が電話すればみーんな力になってくれるのさ。あ、茶柱が立ってる。いいことあるよ。大丈夫」

弥彦さんが楽しそうにしている。拓哉さんと一緒の前掛けをしている。給仕の格好のようだ。

「ひょっとして、おふたりは何かその、とんでもない謎の力的なものを持ってるとか？」

お客さんだからといっても、電話一本で辺り一帯の人が力を貸してくれる飲食店なんて聞いたことがない。東京にいた頃の私の勤め先はグルメサイトでも有名なお店だったけど、こんなふうにお願いできるお客様はどれだけいるだろうか。

「京都ってさ、言葉遣いが独特だから他の地方の人にはなかなか理解されなくて『いけず』なんて言われるけど、本当はずっとずっと長い歴史の中で互いを気遣って支え合っている、素敵な場所なんだよ」

思わず唇をかんだ。高ぶる気持ちを堪える。

東京から挑戦してやると乗り込み、自分の力不足で料理の実技試験に落ちた。

私にとって、いままで京都は乗り越えるべき壁であり、挑戦相手で、敵だった。そんなふうに見えていた。

それで負けて去っていくだけの場所だった。

でも、この双子のおかげで私は京都の違う顔を見せてもらえた。

「――京都っていいところなんですね」

「どこだって本当は同じだ。そこに住む人間の心によって違って見えるにすぎない」

カウンターの向こうで拓哉さんが顔を上げずに言った。料理の盛り付けに集中しているようだ。

その動きが、これまで見たどの料理人より美しかった。

どんな材料を使っているのだろう。

京都おばんざい専門店。一日一組限定。メニューなし。

今日仕入れることができる最高の素材を集めたりしているのだろうか。

さっきの出汁の香りも、これまで嗅いだことがあるどんな出汁よりも香りが強いのに、とても柔らかい感触。初めての経験だった。

玉子焼き器が音を立てる。

材料も調理法も盛り付けも、何もかもがすごく気になる。仕入れ先も知りたい。

すると、腕を後ろに引かれた。

「あんまり食い入るように見ていると、拓哉が緊張しちゃうよ」

「あ、すみません」

いつの間にか身を乗り出していたみたいだ。

「こう見えてあいつ、シャイだからさ」

「変なこと言うな」

拓哉さんができ上がった料理を静かに並べる。

玉子焼き、おから、漬けまぐろ、真薯《しんじょ》と野菜の煮物。煮物はこちらでは「炊いたん」とよく言われる。「京都のおばんざい」なんていうと身構えてしまいそうになるけど、こういう気取らないお料理が本当のおばんざい。私がいま食べたかったもの。

材料の切り方、盛り付け、器の並べ方、ひとつひとつの仕事が丁寧なのが一目で分かった。素材はどこのものを使っているのだろう。調味料は何を。野菜はなるべく地のものを使っているのだろうか。食べるよりも先にいろいろ研究したい。

匂いを確かめたくて、手前に置かれた炊いたんの器を取って鼻に近づけようとしたら、拓哉さんが止めた。

「いまのおまえはお客だ。この料理がいちばんうまいタイミングですぐに食べてやってほしい」

拓哉さんが料理に向けるまなざしが、まるで我が子を見る親のようだ。

「あ、はい」

私は思わず顔が熱くなった。

「それと、念押ししておくが、お金のことは気にするな。財布が戻ってから、そうだな、五百円くらいもらえればいい。それより食べることに専念するといい」

「え？」

横で弥彦さんの笑い声がする。

「あはは。いまのきみに大事なことは、あれこれ考えることじゃなくて、食べておいしくて、笑顔になるってことじゃないの？　拓哉はそう言いたいんだよ」

弥彦さんの声がすとんとお腹に落ちた。

そうだ。文無しの私に親切にしてくれて、一日一組しか取らない店の大切な料理を後払いで食べさせてくれるというのだ。いまは素直に感謝して、おいしくいただこう。研究をしたいなら、また改めて来させてもらえばいいのだ。

急に肩の力が抜けた。

そのとき、不思議なことが起こった。

「あれ？　お料理が、光って見える……？」

目の前のおばんざいたちがきらきらと輝いていた。照明を強くしたわけではない。思わず目をこするが、目の錯覚でもなかった。

「ごはんと味噌汁だ。さあ、召し上がれ」

拓哉さんがごはんとお味噌汁を並べてくれた。

私は手を合わせて「いただきます」と一礼して食べ始める。

ふっくら炊けた白いごはんは真珠のように光っていて、口に入れると温かな香りがした。噛むほどに甘味が広がる。

出汁のきいたお味噌汁の具は豆腐と若布《わかめ》。出汁と味噌の旨味にほっとする。口当たりも喉ごしも、どんな高級店のお椀よりも洗練されていた。

ちょっと甘い玉子焼きも、味が深く沁みた漬けまぐろも、ごはんにとてもよく合う。

おからは見た目よりもしっとりしていて深みのある味。

真薯と野菜の炊いたんは、あればあるだけいただきたいくらいにおいしかった。おからや炊いたんは味噌汁とは別の出汁かもしれないが、いまはとにかくこのおいしさを心ゆくまで味わいたい。

どの品も一度はどこかで食べたことがある料理のはずなのに、どの味も初めて食べるような新鮮さと温かさだった。

「へへ。どう？　拓哉のおばんざい、うまいっしょ？」

「すごく親しみやすくて、とても懐かしい気持ちになるのに、こんなおいしいおばんざいをいただいたのは生まれて初めて」

拓哉さんが微笑みながら私に左手を差し出した。

「おかわり、あるぞ」

「あ――」

その微笑みを見て、その声を耳にした途端、激しく涙がせり上げた。

「え、咲衣さん、どうしたの？」と弥彦さんが慌てている。

「な、何でもないです」

口ではそう答えたけど、ふと昔の懐かしい記憶が甦ってきて肩が激しく震えた。

『おかわり、あるぞ』――その言葉は、いまは亡くなってしまったおじいちゃんがかって私によく言ってくれた言葉だった。

顔はまるで違うのに、拓哉さんの微笑みがふとおじいちゃんの笑顔と重なる。

小さな定食屋を開き、何十年もずっと調理場に立ち続けたおじいちゃん。

私、おじいちゃんの作るごはんがおいしくて、大好きで。

私がおじいちゃんの真似をしてフライパンでごはんを炒めたとき、顔をしわしわにして笑いながら、私の頭を撫でてくれたっけ。

ハムを適当に切って卵と一緒にごはんを炒めた。味付けなんて塩、コショウと醤油だけ。ごはんもだまが残ってチャーハンなんて呼べない代物を、おじいちゃんは「おいしいおいしい」と笑顔で食べてくれた。

あれが、あれこそが、私が初めて誰かのために作った料理。

あのときのおじいちゃんの笑顔がうれしくて——私は料理を始めたのだった。

料理を学んで材料や味付けには詳しくなったけど。

おじいちゃんの笑顔を私は忘れてしまっていた——。

涙と共に知らず知らずにそんな話をして、ふと我に返った。ごはん食べて泣き出して、身の上話なんて絶対引かれるよね。私、やっぱりいろいろ弱ってるんだ……。

ところが、そんな心配をよそにふたりのイケメンは私の話をじっと聞いてくれていた。拓哉さんはじっと黙って。弥彦さんはちょっと微笑んで。

「よくあることだ」と拓哉さん。

「これが、僕たちの店の力なんだよ」と弥彦さん。

「え、え、え？」

ふたりの言葉が分からなくて、涙が引っ込む。

「多分おまえは、この場所に呼ばれてきたんだろう」

拓哉さんがおかわりのごはんを手渡してくれた。

「住所的にはここは祇園町北側だけど、普通じゃなかなか見つけられない場所だからね。何事も神仕組みさ。そうだ。咲衣さん、料理できるんなら、しばらくうちにいればいいじゃん。住み込みで」

いつの間にか私も下の名前で呼ばれてるのは目をつぶる。問題はそこじゃない。

「ああ、それがいいかもな」と拓哉さんまで頷いているがよくない。

「ちょちょちょ、ちょっと待ってくださいっ」

見ず知らずの男性（しかもふたり）のところに転がり込むなんて、あり得ないでしょ。おいしいものをくれたいい人たちなのだろうというのは分かるけど、それはない。断じてない。

急に弥彦さんが笑い出した。

「あははは。大丈夫だよ、咲衣さん。僕ら、『神さま』だから人間の女の子なんかには興味ないんだよね」

「は?」

いま何か変なこと言わなかった? カミサマ?

「うん。神さま。八坂神社の素戔嗚尊《すさのおのみこと》の子供。さっきはお参りありがとう」

言うや、弥彦さんがふわりとその場で宙に浮き上がった。何これ!? いわゆるイリュージョン的なもの? それともワイヤーアクション?

「種も仕掛けもない。たとえばこんなこととかも」

拓哉さんが塩をひとつまみして息を吹きかけた。白い塩が宙に舞い、きらきら光る。色が金色になって大きくなって菊の花びらのようにカウンターに降る。

「え――?」

手に取ろうとしたら、菊の花びらが生き物のように寄り集まっていく。ついには花びらは何羽かの蝶になった。金色の蝶が店内の明かりに照らされながらひらひらと幻想的に舞う。

やがて蝶は、天井をすり抜けてどこかへ消えていった。

一体何が起こっているのだろう。

夢? 幻覚?

ひょっとして、いま食べたおばんざいに何か変なモノでも入ってた?

弥彦さんは相変わらず宙に浮いたまま、腹ばいで寝そべるような姿勢で私を覗き込んでいる。

「いまの人間って、目に見えないものなんて信じられないっていう人が多いけど、病気や恋愛や挫折のときに、病気や恋愛や挫折のときに、」

「神々と人間が共に生活をする惟神《かんながら》の道こそ京都の心。だから、この店だって町中にある」

混乱の極致にある私に、弥彦さんが軽やかに笑っている。

「あははは。もう一度、説明するよ。おばんざい処『なるかみや』は一日一組限定で献立のないお店。料金も決まっていないお店。ここまではオーケー？」

「は、はい」

「ただし、僕たち神さまがいまのあなたの心と身体と人生にぴったりのお料理とおもてなしをするお店。このお店で食事を取る人はいまここでこの料理を食べるべき人だから。こんなこと、グルメサイトに載せられないでしょ？」

「まあ、そうですね……。それより、『食べるべき人』って？」

「悩みを抱えていたり、人生の岐路にあったり、どうしても元気が出なかったり、それこそ、にっちもさっちもいかなくなって『神さま助けて！』みたいな気持ちの人たちがたくさんやってくるのさ。きみみたいに引き寄せられてくる人もいれば、何度かそういう体験をして、ここに宿る神さまの力を信じて何度も足を運ぶ人もいる。ね、拓哉?」

「ああ。人生はいたるところで神さまと出会うようにできている。誕生や死だけではなく、病気や恋愛や挫折のときに、そのときはある。その出会い方のひとつとして俺たちの店もある」

そのときだった。勝手口から「まいどー」という女の人の声がした。

「静枝《しずえ》さんだ。珍しいね。こんな時間に」

「今朝の納品で九条ねぎが漏れてたから、改めて持ってきてくれたんだろう。ちょうどいい。静枝さん、店の方まで持ってきてくれ」

拓哉さんがそう声をかけると、「はーい」という返事がして明るい表情の女性がジーンズに薄手のブルゾンを羽織った姿で九条ねぎを手にやって来た。念のために状況を説明すると、拓哉さんが調理場に立ち、私がお料理をいただき、弥彦さんが宙に浮いている。

「今日は失礼しました。九条ねぎ、三束。お持ちしました」

静枝さんと呼ばれた女性は拓哉さんに笑顔でねぎを渡す。

「たしかに」

「遅くまでありがとう、静枝さん」

「いいえ、私が数を間違えちゃったのが悪いんで。じゃあ、私はこれで」

「あ、ちょっと待ってください！」

双子たちと普通に言葉を交わして出ていこうとする静枝さんを私は呼び止めた。

「はい、何か」

「この人、弥彦さん、どんなふうに見えますか」

「どんなふうって……浮いてますね」

「……浮いてますよね？」

何だこの会話――。

「ええ、確実に浮いています。目の錯覚じゃないです。あ、弥彦さん、初めてのお客さんをからかってるんでしょ？」

「やだなぁ、静枝さん。僕はそんなことしない真面目な性格だよ。ねえ、真面目な拓哉お兄様？」

「おまえから『お兄様』とか言われると背中がかゆくなるからやめろ」

「あはは。本当の兄さんなんだからいいじゃん。そうそう、静枝さんからも言ってあげて。僕らは神さまだって」

私は一縷《いちる》の望みをかけて静枝さんの顔を見つめた。

どうか、嘘だと言って。トリックだと言って――。

「ええ、拓哉さんは五十猛神《いそたけるのかみ》、弥彦さんは大屋毘古神《おおやびこのかみ》という神さまの分け御霊。どっちも素戔嗚尊のお子様ですよ。私はただの出入り業者だけど、いつもお世話になっています。ときどきおばんざいもいただいたりして」

素敵な笑顔の静枝さんに、私はただ愛想笑いを浮かべることしかできなかった。

ここは、どうやら本物の、双子の神さまがやっているおばんざい処らしい――。

第一話　夢に舞う桜とエンドウ豆ごはん

日本国内で財布を丸ごとなくすというのは意外に面倒なものだった。むしろ海外なら、日本大使館に駆け込んで当座の旅行資金を借りることなどもできるかもしれない。しかし、国内旅行の最中ではそれもできない。ホテルの予約もしていなかったから、いきなり野宿の可能性もあったのだ。

だから、おばんざい処『なるかみや』で寝泊まりさせてもらえるのはとてもラッキーなことだった。しかも、この店の料理人と給仕は双子の神さま。八坂神社で祀られている由緒正しい本物の神さまの一部分（分け御霊とか言っていた）らしい。

ここの建物は厨子二階《つしにかい》という造りらしく、一階と比べると二階の天井が低い。虫籠《むしこ》窓《まど》があるのも特徴だった。

二階へは、段下が収納を兼ねている箱階段を使って上がる。

店舗の二階が住居スペースになっていて四部屋あった。私はそのうちの一部屋に泊まることにした。布団や文机などはお借りしたけど、その他の物は部屋から移動させたせいで、残る一部屋は物置のようになってしまった。

選んだのは、ふたりの神さまの部屋と離れている部屋。昨日、弥彦さんは、自分たちは神さまだから人間の女性には興味がないみたいなこと言ってたけど、それはそちらの問題であって、私の気持ちとしては落ち着かないことこの上ない。

それにもかかわらず、おばんざいをいただいた私はいろいろな疲れと「神さまって本当にいるんだ」という衝撃に、シャワーを浴びると布団に倒れ込んでしまった。キャリーバッグを転がしていたおかげで着替えがあったのがせめてものことだった。

そのまま眠ろうとした私はとんでもないことに気づいて飛び起きた。

「やばっ。落とした財布に入っていたカード類、止めてないじゃん」

すでに夜だったがそんなことを言っている場合ではない。大急ぎで銀行やカード会社に電話を入れた。幸い、誰かに使われた形跡のようなものはないらしい。

ほっとひと息ついて横になったあとは、記憶がなかった。

気がつけば夜が明けていた。それどころかもう日が高い。

寝癖すっぴん姿を見られまいとこそこそと部屋を出て、洗面所に急ぐ。どうか、こんな姿を見られませんように。

大慌てで顔を洗ってお化粧をすませる。料理人の端くれとして匂いが移るようなお化粧はしない。ほとんどたしなみ程度だ。そもそもお化粧品にも詳しくないし。髪型は毎日微妙に違う。すっぴん自慢できるほどではもちろんないけど、入念に描かなくても眉毛がきちんとある顔に産んでくれたお母さんにちょっと感謝している。

何とか人前に立てる状態になってほっとしていると、どこからか出汁の香りがした。

昨日と同じ、まっすぐでそれでいて深みがある、きれいな出汁の香り。

一体どうやったら、香りだけでもこんなに素敵な出汁が取れるのだろう。

「おっそよー、咲衣さん」

鏡の向こうで弥彦さんが手を振っている。

急に背後から声をかけられて心臓が止まりそうになった。

「お、おはようございます――っ」

「女の子の身支度は大変だねぇ」

思わず頬がひくついた。

「み、見てたんですか」

「見てない見てない。そのくらいのデリカシーはあるよ。ただ、二階に上がったらちょうど咲衣さんが顔を洗いに行ったみたいだったから、声をかけるのをずっと待ってたの。あんまり時間かからなかったから良かったよ」

「さ、さようでございましたか」

何だろう、この妙な敗北感みたいなものは。

やっぱり男ふたりの家に女子ひとりだもんな……。

そういえば京都ってお土産物屋で木刀とか売ってたよね。一振り買っておこうかな。

私の気持ちにまるで気づいていない顔の神さまが明るく話しかけてくる。

「ちょうど拓哉がお昼ごはんを作ったから様子を見に来たんだけど、食べるよね」

「え？　もうそんな時間ですか？」

時間を確認することも忘れていた。恥ずかしい。

下に降りると、きちんと三人分のごはんが用意されていた。

調理用具を洗い終えた拓哉さんと目が合った。拓哉さんのクールな顔が怖かった。

先輩よりも思い切り寝坊したとか、前の勤務先だったら大目玉だ。反射的に謝ろうとしたら、先に拓哉さんが声をかけてきた。

「よく眠れたか」

無愛想な顔ながら、発された言葉はやさしかった。

「は、はい。あの」

「腹、減ったろ。ちゃんと食べろよ」

「はい……」

謝る隙をくれない。

弥彦さんはごはんの前に座り、明るい声でいただきますをして食べ始めた。拓哉さんも静かにいただきますと言って食べ始める。

「どうしたの？　お味噌汁冷めちゃうよ」

「あ、あの、昨夜は泊めていただき、ありがとうございました。それと、すっかり寝坊してしまって申し訳ございませんでした」

「昨夜のことは構わない。それと、別にここで働いているわけではないのだから、朝寝を謝る必要はない。――鯵の開き、食えるか」

「はい、好きです。けど何かこう――」

「悪いと思うんなら、ごはん食べてよ。冷めておいしくなくなっちゃったら拓哉が嘆くよ」

弥彦さんの言葉にはっとした。食べ物をおいしくなくしてしまうのは罪なことだ。

私も座って両手を合わせ、いただきますを言ってからごはんをいただく。

炊きたてのごはんが今日もやさしかった。

鯵の開きは脂がのっていて、ごはんと一緒に食べるととろけるようだ。

添えられたきゅうりの漬物は古漬けになりかかっていたけど、そのかすかな酸味に
ごはんが進む。

味噌汁は昨夜の残りのようだったが、一晩寝かせた分、味がなじんでいた。

おかずもお味噌汁も、全部がお米のおいしさを引き立たせ、またお米の甘さが他の
おかずをやさしく包んでいる。素敵だった。

もともと、和食のおかずは白いごはんをたくさん食べるために考えられてきた。昔
はおかずばかり食べると『おかず食い』と言ってたしなめられた家も多かったという。

「とってもおいしいです」

拓哉さんは小さく頷いただけ。弥彦さんは「それはよかった」とごはんを頬ばって

笑っている。本当にこのふたり、対照的だな。

　拓哉さんが味噌汁を飲んでから尋ねた。

「ところで、財布が見つかったという連絡はあったのか」

「いいえ」

「昨日落として昨日すぐに見つからないということは、ちょっと長引くかもね。咲衣さん、これからどうするの？」

「実家から口座を使って交通費を送ってもらうこともできなくはないのですけど、京都に住んでいる昔からの友達がいるんです。その子にとりあえずお金を借りて東京に帰ろうかと思ってはいるんですが……」

「ゆっくりしていってもいいんだよ。昨日も言った通り、ここでしばらく働いてもいいし。多分、拓哉はそう考えている」

「そうなのですか」

　拓哉さんがむっつりと頷いた。

「ああ見えて拓哉は人間にやさしいからね。僕なんかは、人間はやさしくするとすぐつけあがるから、ときどき天罰を与えるくらいがちょうどいいと思ってるんだけど」

「そ、そうですか」

　にこにこ笑顔なのに、弥彦さんの方が過激だ。

「だってさ、苦しいときの神頼みばかりで、見かねて助けてやったら、そのうち神さまは人間を幸せにするためにいるんだって、自分のために勝手な神さまをでっち上げるじゃん」

「神さまって、人間を幸せにしてくれるんじゃないんですか」

「僕たちのいう幸せは心の幸せ。心の幸せにつながる前提で五穀豊穣も商売繁盛ももたらすよ。でも、自分勝手な欲望を増長させる方向では協力なんてしないし、神さまを自分の召使いみたいに考える人間には協力してやりたくないね」

「弥彦、その辺にしておけ」

「へーへー」

「話を戻す。俺はおまえがもう少しここにいるべきだと考えている。おまえも本当はそうしたいのではないか」

拓哉さんにまっすぐ見つめられてどきりとした。イケメンに凝視された緊張感だけではない。心の中の願望を見抜かれた気がしたからだ。

でも、それは拓哉さんたちにとって、とても迷惑な私の願望で……。

「いえ、そんな。昨夜一晩泊めていただいただけでありがたいです」

「神さまの前で嘘をついても無駄だぞ」

拓哉さんがじっとこっちを見ている。弥彦さんがにやにやしている。私は目線をあちこちに動かしながら、どうしようか悩んでいた。

「じゃあ、僕が当てちゃおっか」

「え？」

「出汁」

「…………っ！」

「それだけじゃなくて、拓哉が作る味を全部教えてほしいって思ってるでしょ」

ずばり言い当てられて、顔が一気に熱くなった。

昨日、味付けなどのテクニックよりも大切な、おじいちゃんの笑顔という自分の原点を思い出させてもらったことは分かっている。

だけど、いや、だからこそ、私にそのことを思い出させてくれた素敵な味のすべてを学び尽くしたいと思ったのだ。

それがきっと、私が本当に作りたい味だと思うから。

こう言っては失礼だけど、私が昨日実技試験をした店の味よりも、私はこの味を身につけたい。

「そうなのだな？」と、拓哉さんが言葉少なに確認した。

私は大きく深呼吸して答えた。

「はい。――私に、料理を教えてください！」

拓哉さんは髪を掻き上げてあっさり言った。

「構わない。気がすむまでここで修行するといい。修行中は『咲衣』と呼ばせてもらう」

あまりにも簡単に許可が下りてしまった。おかげで、肩すかしを食らったような感じがする。

「ほ、ほんとにいいんですか？」

「ああ。何だ、不服なのか」

「いいえ、そんなことは――」

食べ終わった食器を弥彦さんがまとめながら笑っている。

「咲衣さん、大変だよ？　何しろキャリア差は数千年あるんだから」

「数千年――」

「神さまってそういうものだからね」

この道何十年の板前にもそうそう追いつけるものではないのに、数千年とか言われると、ちょっと気持ちが萎えるのを超えて思考停止になりそうになるんですけど。

自分の進路を誤ったかなと一瞬考えていると、おまわりさんが店にやってきた。昨日、拓哉さんから財布を落とした女性がいると電話をもらったので、今日、事情を聞きに来たと言っていた。あまり経験がないのだけど、普通は落とし物をした場合、落とした本人が交番に行かなければいけないのではないかしら。

そんな疑問をそれとなく聞いてみると「拓哉さんと弥彦さんにはお世話になっていますから」と、含みのある笑みとともに敬礼された。ここにも神さまパワーがからんでいるのかな。

財布が見つかったら連絡するが、出てこないこともあるかもしれないのでと最悪の想定もきちんと説明しておまわりさんは出て行った。

おまわりさんがいなくなってすぐに拓哉さんが私に命じた。

「咲衣、早速だが、出汁を取ってみろ」

「はい」

一度二階に上がっていつも着ている調理白衣に着替える。まさかもう一度、京都でこの七分袖の仕事着に袖を通すことができるなんて。

髪をピンで留めてまとめると、帽子を被る。大きく深呼吸。よし。

「よろしくお願いします」

「うちで使っている出汁の材料は一通りここに出した。どれを使ってもいい。もし足りないものがあれば出すから言ってくれ」

昆布、煮干し、鰹節、削り節、さば節、干し椎茸など、いろいろな材料が並べられている。どれもこれも一級品だ。しかし、一級品ではあるが超一級品ではない。

ひょっとしたら昨日の店の方が高級な材料を使っているかもしれない。あちらは高級京懐石料理店、こちらはおばんざい処。その辺りに差が出るのは当然だろう。

それなのに、どうしてこの店の方が心が揺さぶられるような味ができるのだろう。

「お水は――」

「浄水器のついている蛇口を使ってくれ」

「水道水なんですね」

「ああ」

水も取り立てて特別なものは使っていない。浄水器もごく普通のものに見える。だったら、私もいちばんシンプルにやってみよう。

鰹節を手に取って削る。いい音が響いた。

湯を沸騰させて火を止め、削ったばかりの鰹節をたっぷり入れる。そのましばらく出汁の旨みが出るのを待つ。香りが立ち上がる。

布を敷いたざるを使って削り節を濾す。申し分ない琥珀色だ。これを一分おけば、鰹の一番出汁のでき上がり。

一番出汁は豊かな味と香り、濁りのない色が特徴で、吸い物や茶碗蒸しなどによく合う。ちなみに、一番出汁を取ったあとの材料でもう一度出汁を取れば、これが二番出汁。二番出汁になると、香りは落ちるが濃い旨味が出るので、煮物などに使う。

椀に出汁を張って差し出した。

「鰹の一番出汁です。お願いします」

拓哉さんが椀を手に取り、香りを嗅ぎ、静かに一口含んだ。噛みしめるようにしながらゆっくりと喉を通している。

「弥彦も飲んでみろ」

「はーい。いい匂いだなーって気になってたんだよね」

「どうぞ」と、弥彦さんにも椀を差し出した。

弥彦さんは息を吹きかけておすましを飲むように少し音を立てて飲んだ。

「おいしいね」と弥彦さんが言ってくれて、私は思わず頬が緩んだ。

「ありがとうございます」

「でも、それだけだね」

「え――？」

拓哉さんが黙って鰹節を削り始め、ほどなくして一番出汁を取った。

無言のままに差し出された椀の出汁を一口いただく。

「全然違う……」

同じ材料の同じ一番出汁のはずなのに、旨味が違う。

「違って当然だ。それは俺がおまえのために取った出汁だからな」

「え？」

拓哉さんが塩をほんのひとつまみ、椀に入れた。上品なおすましができていた。

「一番出汁は吸い物からうどんまで幅広く使える。しかし、それぞれ料理は違う。本当に同じ出汁でいいのか。咲衣は何用の出汁として作った？」

「それは……」

「何用の出汁かによって出汁の取り方はもちろん、鰹の削り方も変わってくるはずだ。俺の削り節とおまえの削り節では大きさも厚みも微妙に違うだろう」

「あ――」

「そして最後に最も大事なこと。どんな状況の誰のための出汁なのか。おまえはそれを考えたか？」

「――考えていませんでした」

「おまえの技量はよく分かった。その年にしてはしっかり腕を磨いてきたことは褒めてやろう。しかし、まだそこまででしかない」

「『そこまで』……」

「要するに、咲衣の作った出汁は相手ではなく自分の方を向いていたということだ」

恥ずかしさで身体が震えた。

昨夜、おじいちゃんの笑顔を思い出したはずなのに……。

「ここで料理修行してもいいが、咲衣はどうなりたいんだ」

「どうなりたいか、ですか」

「おまえは東京出身で東京で和食を勉強した。どうしたって東京の味を無意識に好むだろう。京都の店で実技試験を受けたというが、それはアメリカ英語とイギリス英語ほども違っていただろうな。京都の味を学びたいならそういう指導をする。たとえば茶碗蒸しなんかは、京都では玉子はごく少なめにしか使わない。そういう違いがある。さらに、俺の作るおばんざいはそのどれでもない」

「私は――」と、答えようとしたのを弥彦さんが止めた。

「いま答えない方がいいよ。その問いはとっても大切だから」

「そうなの？」

「拓哉も意地悪だよねー。せっかく修行したいって言っているのに、いきなりいじめちゃかわいそうだよ。ねえ、咲衣さん」

「私は別に――」

思わず言いよどんで拓哉さんを見返す。拓哉さんが憮然としていた。この人はいつもどこか物憂げだけど、本気でぶすっとしたときは分かるようになってきた気がする。

「いじめてなどいない。覚悟を問うているんだ。それより弥彦、そろそろ時間だろ」

「おっとそうだったそうだった。僕も着替えてこないと」

弥彦さんが二階に上がっていく。

片付けをしながら、拓哉さんが尋ねてきた。

「さっきは言い過ぎたか？」

「いえ、そんなことは決して！　東京にいたときの板長なんか、見習いの頃はおたまで頭を殴られてたって言ってましたし」

「……人間界ではそれが普通なのか？」

「いまやったら新聞沙汰になっちゃいますよ!?」

二階から降りてきた弥彦さんは紺色の着物姿になっていた。茶髪で一見優男《やさおとこ》なのに和装が似合う。イケメンだから何を着ても似合うというには随分しっくりしている。普段から和装を着慣れているような雰囲気だった。

「へへ。似合う？」

と、尋ねるのも嫌みがない。

「ええ。どうされたんですか」

「これから仕事」

「仕事？」

「男衆《おとこし》って知ってる？　舞妓さん芸妓さん専門の着付師。それが僕のもうひとつのお仕事」

　ぽかんとしている私に拓哉さんが声をかけた。

「咲衣、おまえの技量は悪くないが、今日すぐにこの店の調理場に立たせてやるわけにはいかない」

「――はい」

　さっきの出汁、拓哉さんのレベルには遥かに届かなかったものなあ。

　悔しいなあ。すっごい悔しい。東京の板長にも合わせる顔がないよ。

「拓哉は言葉が乱暴なんだよ。さっきのいまだから、咲衣さん、自分が未熟だから調理場に立たせてもらえないと思ってるよ。まあ、未熟なのはたしかなんだけどさ」

　弥彦さんがごく自然に追撃してくれた。

「……おまえの方がひどいことを言っていると思うが」

「そうかなあ」

　拓哉さんが腕を組んだ。

「昨日からずっといろいろあって、気持ち的にまだ調理場に立てないだろ」

「そうそう。そういうふうに言わなきゃ」

　そうそう。そういうふうに言ってくれれば私も分かる。

　しかし、そのあとはさすが「神さま」だった。

「タダで泊めてもらうのが気が引けるなら、弥彦の荷物持ちくらいすればいい」

……「神さま」っていうのはあれかしら。みんなして、人の心を抉《えぐ》る言葉を駆使することに長けているのかな。

荷物持ちはさせていただきます。

祇園の主役は言うまでもなく芸妓さんであり、舞妓さんだ。その主役たちを支えるために、男衆という人たちが存在する。

男衆は芸妓さんや舞妓さんの着物の着付けが仕事。そのため、芸妓さんや舞妓さんの家に入ることを特別に許されている。男衆は祇園全体で数人しかいない。それだけ信用が大事なのだろう。それに何より、芸妓さんたちとの色恋沙汰は御法度。見た目は優男の弥彦さんだけど、人間の女性には興味がないと公言している神さまだから、この仕事は適任といえた。

「昔はね、お茶屋さんと屋形の間に入って金銭交渉や揉めごとの仲裁とかもしていたんだけど、いまはほとんど着物の着付けだけになっちゃったね」

「屋形って何ですか？」

「ああ、置屋って言った方が分かりやすいのかな。でも、別のイメージもあるからなあ。芸妓さんや舞妓さんの所属事務所みたいなものだよ」

「なるほど」

屋形が少女を受け入れ、言葉と所作と芸を授けて舞妓に育て、さらに芸妓へと羽ばたかせていく。

「舞妓さんのデビューである見世出しの日に、僕ら男衆の媒酌でお姉さんの芸妓さんと舞妓さんが固めの杯を交わす。それで正式に舞妓さんになるんだ。見習いの頃からずっと見てきた子が舞妓さんになると、何だか胸が熱くなるね」

「――ちょっと意外です。弥彦さんって人間に冷たいのかなと思ってました」

「僕が人間にそれほどやさしくないのは認めるよ。ぶっきらぼうだけど拓哉の方が本当は人間にやさしいと思う。でも、厳しい修行で涙を流してがんばった人が、その報いを正しく受け取って夢を叶える姿を見るのはすごく好きだよ」

舞妓修行は、厳しいらしい。挫折してしまう子もいるそうだ。

「やっぱり何事も一流になるには甘くないんですね」

「それはそうだよ。料理だって同じでしょ？」

四条大橋を越えて先斗町に入る。細い路地を何度か曲がって芸妓さん舞妓さんの家についた。すぐに奥から女将さんがやって来て、笑顔で出迎えてくださる。

女将さんといってもまだ若い。三十歳前後くらいだろう。和服の似合うとてもきれいな女性で、姿勢も立ち居振る舞いのひとつひとつも美しい。女将さん自身が芸妓さんをしてもまったく遜色ないと思う。

「弥彦さん、今日もよろしゅう」

「はい、夢桜《ゆめざくら》さん。今日から拓哉に料理を教わる子が荷物持ちで一緒なんだけど、いいかな?」

「あら、拓哉さんが人を雇わはったん? 珍しいわぁ。もちろん構いませんぇ」

「は、初めまして。鹿池咲衣です。よろしくお願いします」

「はい、初めまして。若宮信子《わかみやのぶこ》です。あんじょうよろしゅう」

うわぁ、和装美人の京都弁だ……。素敵しかない。

あれ、でも――。

「さっき、弥彦さんが『夢桜さん』って」

信子さんが着物の袖で口元を隠すようにしながら上品に笑った。

「ふふ。私も昔は芸妓をやってましてねぇ。『夢桜』いうんはそのときの名前。その頃、私も弥彦さんに着付けをお願いしてたんです。それでか何でか、女将になったいまでも弥彦さんだけは私を『夢桜』の名前で呼ばはるんですよ」

「だって夢桜さんは夢桜さんだもん。祇園最高の芸妓のひとりさ」

「おおきに。それにしても、咲衣さん言いましたっけ、肌きれいやねぇ。舞妓さんの格好とかさせたら似合いそうやわ。うちとこで舞妓体験してみます?」

「え、いいんですか」

「代金はちゃんと払わないとダメだけどね。ねえ、夢桜さん」

「毎度おおきに」と信子さんがにっこり笑っていた。

二階には着付けを待っている芸妓さんや舞妓さんがいた。部屋の両サイドにスチールラックがあって、そこに白い紙に包まれた着物がいくつも置かれている。

「はい、どうも」と弥彦さんが短く挨拶すると、黄色い声が上がった。

「弥彦さん、うちの着物から先にお願いします」

「お姉さんずるい。うちのお座敷の方が少し早いんですから」

芸妓さんと舞妓さんが、どちらが先に弥彦さんに着付けをしてもらうかを言い合っていた。

弥彦さんは軽く手首を回しながら、信子さんにそれぞれのお座敷のスケジュールを確認し、お座敷入りの時間とここからの距離を考えて順番に着付けをしていく。

まず弥彦さんが着付けを始めたのは、舞妓さんや若い芸妓さんが着る「引きずり」と呼ばれる裾の長い着物だった。その着物に、長さ五メートル半、重さも五キロというだらりの帯を巻くのも、男の力がないと難しい。

あの弥彦さんが真剣な顔で帯と格闘している。額の汗を時々無言でぬぐっていた。

弥彦さんの手で、あどけない少女が舞妓に変身していく。

「あの長い足元を銀杏の葉のようにきれいに開かせることが男衆の腕の見せ所。弥彦さんは上手なんですよ。しかも、舞妓がどんなに舞をしても型崩れせえへんのに、ひとつも苦しくない」

と、信子さんが教えてくれた。

「夢桜さんにそう言われると緊張しちゃうよ」

「弥彦さんに着せてもらえるうちの方が緊張しますよ」

と、いま着付けをしてもらっている芸妓さんが言葉を挟んだ。

「またまた」

弥彦さんがやんわりと受け流す。

用意ができた舞妓さんたちから、女将さんの信子さんに挨拶してお茶屋へ出ていく。そのときに、弥彦さんにも軽く頭を下げていく舞妓さんや芸妓さんが多かった。

さっきから気になっていたけど、舞妓さんたちの中には弥彦さんのファンも多いみたいだ。一方の弥彦さんは笑顔は見せても素っ気ない。色恋沙汰禁止の男衆としてはこれでいいのだろうけど。

しかし、弥彦さんは信子さんにだけは素直な表情と言葉で接している。むしろ敬意すら払っているように私には見えた。

そのことを話したら、信子さんがにっこり笑った。

「弥彦さんには、私が中学校を出て十五歳の仕込みのおちょぼの頃からお世話になってます。ええ兄さんみたいなもんです。舞妓になるときの固めの杯の媒酌もしてもろたし、舞妓から芸妓になる襟替えでお茶屋さんへ挨拶回り行くときも同行してもらいました」

あれ？　いま結構とんでもないことをさらっと言われたような気がする。

信子さんの話を信じるなら、信子さんが舞妓さんになる修行をしていたときには弥彦さんは男衆の仕事をしていたことになる。

仮に信子さんを三十歳と仮定しても、十五歳の頃となれば十五年前。

私の見たところでは弥彦さんはまだ二十代だと思うのだけど、そうなると計算が全然合わない。

「それって、弥彦さんって見た目より年ってことですか」

信子さんが吹き出した。

「見た目より年といえば、そうやねぇ。本来、男衆いうんは世襲なんやけど、あのお人は別。二百年くらいずぅっと男衆の仕事をしてますさかい」

「それはつまり――」

「神さまやっていうこと。知ってる人は知ってるんよ」

「はあ……」

ここにも「神さま」だと知っている人がいたんだ……。

「夢桜さんには『なるかみや』にもときどき来てもらってるしね。店の座敷席はごくまれにお茶屋さんの代わりに芸妓さんや舞妓さんを呼ぶこともあって、夢桜さんにも来てもらったこともあるし」

「芸妓やった頃に『なるかみや』さんで弥彦さんの三味線に合わせて踊ったときには、神さまの前やと思ってえらい緊張したわ」

「あはは。さて、ここでの今日のお仕事おしまい。じゃあ、僕は次の現場に行くね」

「あ、ちょっと待って」

女将さんに慌ただしく一礼して、荷物持ちの私は弥彦さんのあとを追った。


次の日から私の修行は本格的に始まった。

修行の第一歩は掃除から。箒で店先を掃いていると、祇園を行き交う人たちから、「がんばってね」とか、「あんたがそうなんだ」とか、たくさん声をかけてもらった。ありがたいことだが、朝の挨拶にしては少し変わっている。

野菜の仕入れ業者である吾妻《あがつま》静枝さんも、私の顔を見るなり、「もう評判だね。がんばってね」と声をかけてきた。

「あの、評判って……？」

「ああ、弥彦さんの荷物持ちをしたでしょ？『なるかみや』に住み込みで修行に来た子がいるって、もうこの辺りでは有名人よ」

「ええっ!?」

「拓哉さんと弥彦さんが認めたなら応援しようって」

「はあ……」

「私も夫を亡くして自分で商売始めるときに、同じようなことをしてもらったことがあるのよ。おかげでだいぶ助かったわ」

「吾妻さんもですか」

「静枝でいいわよ。ま、そういうわけだから、がんばってね。じゃあ、毎度」

威勢のいい笑顔を残して静枝さんが出ていった。どうやらあの荷物持ちには思わぬ功徳があったようだ。さすが双子の神さまたちということなのだろう。

「静枝さんのときにもそんなことがあったな」と、いつのまにか調理場に降りてきた拓哉さんが、大根の皮をむきながら呟いていた。気配がしなかったのでちょっと驚いたが顔には出さない。

納品された野菜を片付けていたら、スマートフォンに着信が来た。

「早苗だ」

相手は岩田早苗。昨日の面接の評価を私に〝翻訳〟してくれた友達だ。

拓哉さんに断って、店の裏へ出て電話に出た。

「はい、もしもし」

『ああ、咲衣。無事東京に戻ったの？』

「まだ京都なんだよ。実はさ、あのあとひどい目に遭ってさ――」

そばの皐月《さつき》が花をつけていた。

早苗と私の関係は幼馴染みで旧友で悪友で腐れ縁で大親友といえば、だいたい説明がつく。「さなえ」と「さえ」で名前が似ているから、親同士も面白がって引き合わせた節がある。

しかし、親同士が引き合わせなくても、私は早苗と友達になっていたと思う。

もう二十年くらいの付き合いになるから、ほとんど身内の感覚だ。短大を卒業するまでは、親と口をきかない日はあっても早苗と会話しない日はなかったくらい。

短大卒業後、早苗は上場企業に就職が決まっていたのに、いきなり内定を蹴っ飛ばし、高校時代から付き合っていた彼と結婚して京都に引っ越した。そのせいでなかなか会えなくなってしまって、実は少し、いや、割とさみしい。

しかし、早苗は早苗で幸せにやっているみたい。

結婚してすぐに赤ちゃんを授かった。目元が早苗にそっくりなかわいい男の子を出産して、いまでは立派なお母さん。

ちなみに男の子の名前は誠《まこと》くん。早苗がつけた。来年、幼稚園だと言っていた。

電話の向こうで、その誠くんの声が聞こえる。かわいい。

『まこちゃん、絵本何冊も出さない！　……ごめん、何の目に遭ったって？』

早苗がちょっと電話を離して誠くんを注意していた。お母さんしてるなあ。

「――早苗と話してると、何かもう、どうでもよくなってくるよね」

『失礼なこと言わないで』

「実は、あのあと八坂神社お参りして祇園を散策してたら、お財布落としちゃってさ。黄色い長財布」

私は、財布を落として途方に暮れたこと、『なるかみや』に出合ったこと、拓哉さんと弥彦さんという双子のイケメンのことを話した。

早苗と話しているだけでとてもほっとする。拓哉さんに話した、東京までの交通費を借りようとしていた相手は早苗。でも、さすがに気が引けて電話をかけそびれているうちに向こうからかかってきてしまったのだが、ほんと、声を聞くだけで安心できる。

ところが早苗は妙な反応をした。

『ああ……咲衣、その話は本当なのね？』

私の話を聞いた早苗がなぜか絶句していた。

「早苗でも同情してくれるでしょ」

『ごめん、ちょっと風邪気味で。鼻噛ませて』

　鼻を啜る音が聞こえる。

「いろいろ台無しにしてくれるよね、あんた」

『――はあ、ごめんごめん。本当にお財布を祇園で落としちゃったの？』

「八坂神社でかもしれないけどね。何よ。こんなことで嘘ついてもしょうがないじゃない。嘘つきは早苗の専門でしょ」

『心外！　私はいつだって正直な心で生きてきたわよ』

「早苗のやりたいことに正直なだけなんじゃないの？　短大の頃に本当は休講の第二外国語の授業を『予定通りにやるよ』って言ったり、高校時代には期末テストの試験範囲を本来の倍の範囲で教えたり」

『あははは。でも、試験範囲を外して教えるような悪意ある行動は取ってない』

　電話の向こうで誠くんが「あははは」と笑う声がした。お母さんの真似かな。かわいい。

「あと、あれ。高校時代に恋のおまじないも嘘教えた」

『あれは……悪かった』

「まあ、あんたの嘘つき体質はいまに始まったことじゃないし。……それにしても大丈夫？　さっきから何度も鼻を啜っているみたいだけど」

『うん、大丈夫』

「声もちょっと変だけど」

『ごめん、昨日、まこちゃんが遅くまで起きてて、おかげで眠くてあくびが』

「親友と話しててあくびするかな!?」

電話越しに早苗の様子がおかしいなと気になったのに、これだ。

しかし、私はこのとき、もっともっと早苗のことを気遣ってあげるべきだったのだ。

何しろ早苗は、〝嘘つき〟なのだから。

『はい、反省しました。もう大丈夫です』

「反省、嘘でしょ」

『あはは』

「かけてもらった電話でこんなこと話すのは私も反省しなきゃなんだけどさ、たとえば東京までの新幹線代を一日だけ借りることできないかな。実家に帰ってすぐ振り込むから」

そう言った途端、早苗がものすごく嫌そうな声になった。

『それはー……』

まるで双六のゴール直前で「振り出しに戻る」に止まったような声だった。

「何よ、その声」

『お金を貸すのが嫌って訳じゃないのよ。ただ、さっきの咲衣の話だと、すごくいいお店を見つけてそこで勉強させてもらえることになったんでしょ？　東京に戻るのもったいなくない？』

「まあね」

圧倒的な実力差だけど、それ故にいまは一日たりとも学ばずにはおくものかと思っていた。さすが親友。私の性格をよく見抜いていらっしゃる。

『それにいざ財布が見つかったときに、京都までまた取りに来るの？』

「それなんだよねぇ……。海外ならいっそ諦めもつくんだけど」

『でも、お金も何もないのは不安だよね。ねえ、今夜ってまだそのお店の予約、大丈夫かな？』

「多分大丈夫だと思うけど、どうして？」

『空いてたら、私たち家族三人で今夜食べに行くよ。そのとき、しばらくの滞在費用を貸してあげる』

だから、料理修行に専念しなさい——。

持つべきものは友だった。

その日の夜、早苗が誠くんと仕事帰りのご主人・誠太郎《せいたろう》さんを連れて『なるかみや』にやって来た。

誠くん、超かわいい。ときどき写真はスマートフォンで送ってもらっていたけど、実際に見ると全然違っていた。最近の子供って、私たちの小さい頃と比べて遺伝子自体が違うんじゃないかというくらいかわいい。ちょっと鼻が低いところもご愛敬。早苗がひとりで誠くんのほっぺをぷにぷにと楽しんでいたので、私も早苗にことわって触らせてもらった。極上の求肥《ぎゅうひ》みたいにやさしかった。最高。

ご主人の誠太郎さんと会うのも結婚式以来だった。

高校で日本史を教えている誠太郎さんは真面目そうで、どこか世間ズレしていない感じ。ひとことで言っていかにも先生という感じだった。黒縁のメガネがそれに拍車をかける。背は百八十五センチくらいあると言っていたから、将来、誠くんも背が高くなるだろうなぁ。

結婚式で会ったときよりもちょっとだけ頬にお肉がついた感じがするのは、幸せ太りに違いない。早苗め、幸せそうで何よりだ。

「妻がいつもお世話になっています」

「いえ、こちらこそ、すっかりご無沙汰してしまいまして」

誠太郎さんが律儀に私に頭を下げていた。

「ママ、どこすわっていいの？」

「お座敷があるからそっち。まこちゃん、畳の方がいいでしょ」

座敷席に上がるときに、早苗がこっそりと私にお金を渡してくれた。使い古しで悪いけど裸のお金では不安だろうからと、早苗が前に使っていた黒い財布に入れて。本当にありがとう。

その一方で、早苗のお母さんしている姿をこの目で見ると、何とも言えない感慨がこみ上げて、ちょっと涙が出た。私が彼氏いない歴ウン年であることから押し寄せてくる悲しみの涙ではない。念のため。

座敷席は障子を開け放つと店内が見渡せるので広々した印象になる。カウンターの前で作業する拓哉さんの様子もよく分かる。

弥彦さんが早苗夫婦にお茶、誠くんにはお水を持ってきてくれた。

「いらっしゃいませ。ぼく、かわいいね」

誠くんを褒められた早苗がにこにこと微笑んでいる。

「ああ、弥彦さん、ありがとうございます」

「あれ？　私、弥彦さんの名前教えたっけ？」

「あー……実はこのおばんざい処のことは噂では知ってたの」

早苗の言葉に、私と弥彦さんが驚いて顔を見合わせた。

「ああ、そうか。神さまがやっているおばんざい処。本当なんですね」

と、誠太郎さんがそんなことを言うものだから、「え？」と聞き返してしまった。

「早苗が『そんなお店があるらしいよ』って噂を教えてくれて。私は最初、とんでもない冗談だと思ったのですけど、今日来るときも、早苗が『とうとう見つかったの』と言っていて。本当なんですねぇ」

「早苗、それ本当？」

「ママ友の噂で、『祇園に神さまがやっているおばんざい処さんがあって、祇園の人たちはみんな知ってるけど他の場所の人たちは知らない』って。すごいパワースポット的な？」

「ははは。パワースポットか。うまいこと言うね、早苗さ……ぐふっ」

見れば、拓哉さんが出てきて、弥彦さんの脇腹に一発入れていた。お客さんがいるときに調理場から出てくるのは珍しい。

「ようこそお越しくださいました。咲衣さんのお友達ということで、うちの給仕担当がはしゃいでいるようなので止めに来ました」

「拓哉さん、お疲れさまです」と私は感謝の一礼をした。

するとと、拓哉さんが小声でささやきかけてきた。

「せっかくの友達なんだ。そちらの家族が許可してくれたらだが、今日は食べる方に回っていいぞ」

びっくりして拓哉さんと早苗の顔を見る。早苗がにっこり笑う。聞こえてたみたい。

早苗がさっそく誠太郎さんに提案してくれて、私もご一緒させていただくことになった。少し気が引けたが、誠くんを見ててくれるとうれしいと早苗からも誠太郎さんからも言われたので、お言葉に甘えることにする。

「では、俺は調理場に戻る」

「じゃあ、僕は咲衣さんの分のお冷やとおしぼりを持ってくるね」

今日も『なるかみや』のおばんざいは素敵だった。

肉が好きだという誠くんのために、特別にサイコロステーキやミニハンバーグも作ってくれた。

野菜を使った料理もどれもこれもおいしい。

「おいしい。おねえさん、どうぞ」

「誠くん、ありがとー」

私の膝の上で一生懸命食べながら、自分が食べておいしかったものを誠くんがごく自然に私にも分けてくれた。ぷくぷくほっぺのかわいい子から食べ物を勧めてもらって、お姉さんはメロメロだよ。

早苗と誠太郎さんも、おいしかった食べ物や互いの好物を譲り合っていた。

こういう両親を見て育ってるから、誠くんも同じことを私にしてくれたんだな。

拓哉さんのおいしい料理に、弥彦さんの給仕とおしゃべりが添えられて、うっとりするようなひとときになる。ああ、やっぱり私、こんなふうな仕事をしたい。ここに留まるように言ってくれた早苗に心から感謝だ。

いろいろあった先日と違って今日はゆっくり味を噛みしめることができる。さらに、かわいい子供を抱っこしながら、気取らないのに洗練された京都の味をいただく。何と罪深いおいしさだろう。

楽しいひとときの終わりを告げたのは、誠くんのおねむ。気がつけば二時間以上、ゆっくり食べてゆっくりしゃべっていた。

お会計をすませた誠太郎さんが、拓哉さんたちにお礼を言っていた。本日の会計、全員合わせて総額二千円也。

「本当においしかったです。しかもこのお値段でいいんですか。他のおばんざいのお店で食べたらこの三倍以上しますよ」

「うちは良心価格がモットーでやってますから」と弥彦さん。

誠くんは早苗に抱っこされたまま眠ってしまった。

夜の祇園を家路につく早苗たちの背中を見送る。拓哉さんと弥彦さんも一緒に見送っていた。この店ではごく当たり前の光景なのだが、なぜか私は胸が一杯になりそうだった。

するとその背中が角に曲がるのと入れ違いになるように、夜闇の中から着物姿のきれいな女の人が歩いてきた。信子さんだった。

「こんばんは、信子さん」

「こんばんは、咲衣さん。いますれ違った方は今日のお客様やったんかしら」

「はい。私の友人とその家族で」

「そう。子供さんがかわいらしかったわ」

弥彦さんがにこにこと前に出てくる。

「夢桜さん、わざわざ店まで来るなんて珍しいですね。何かありました?」

弥彦さんの質問に信子さんは少し複雑な笑みを浮かべた。

「明後日の夜で予約、取れます?」

「ああ、問題ない」と、拓哉さんが答える。

拓哉さんも少し信子さんの真意を測りかねているような顔をしていた。私、だんだん拓哉さんの表情が読めるようになってきたかも。

「じゃあ、予約お願いします」

「何名様で?」

ふたりと人数を言ったあと、ややあって信子さんが付け加えた。

「私と、私の昔の婚約者――」

信子さんの予約の日、私は入念に座敷席の掃除をしていた。掃き掃除も拭き掃除も、まるで塗り込めるようにした。

信子さんと、信子さんのかつての婚約者の方が来る。

予約のときの信子さんの顔は、夜の暗さの中でもそれと分かるほどにとても複雑な表情をしていた。その表情を思い出すと私の方が緊張してしまって、とにかく何かしないではいられなかったのだった。

私の腕ではまだ、下ごしらえはできても実際の調理は許されていない。その代わりの環境整備だった。

時間を確認する。予約の時間まであと一時間あった。

「ごめんください」

たおやかな女性の声がした。信子さんだ。

「いらっしゃいませ、夢桜さん。早いですね」

と、弥彦さんが出迎える。

「ふふ。年甲斐もなくどきどきして、いても立ってもいられへんで。まるで生娘みたいで自分でも呆れてしまいます」

そう言っても外見はいつも通りに、きれいな和服姿のしっとりした京美人。かつての婚約者に会うなんて、私だったら絶対緊張する。力む。意識しまくる。でも、信子さんはお化粧が濃くなったり、髪や着付けに乱れが出たりはまったくしていない。それだけで、同じ女としてとても素敵に思えた。

その信子さんは手には大きめの風呂敷包みを持っている。

「これは？」

私が尋ねると、信子さんがほっと肩の力を抜いた。

「こっちを着よかどうしよか迷って持ってきたんやけど、この格好にしとくわ。ちょっと預かっててもらえます？」

「着物だね。僕が預かるよ」

と、弥彦さんが二階へ持っていった。

拓哉さんが黙ってカウンターの向こうで支度をしている。

「さっきの、着物だったんですね。私、着物って持ったことなくて。結構重たいんですね」

無理やりな話題だったが、信子さんは乗っかってくれた。

「そやろ？　慣れないと着物を着るだけでも重うて重うて」

お茶目な感じに信子さんが軽く口をへの字にして見せた。それから急にため息をついた。

「信子さん？」

「ふふ。あかんね。いつも通りにしよ思っても、心のどこかで激しく反応してしまう。今日来る人、咲衣さんも気になるでしょ」

「お客様のプライベートには……」

「せやけど、お友達の話やったら、聞いてもええのんちゃう？」

「お友達だなんて。恐れ入ります」

「ふふ。人に話したところでどうなるもんでもないんやけど。少しおしゃべりに付き合ってもろてもええかしら」

　後半は着物を置いてきた弥彦さんに向けてのものだった。弥彦さんは、ごゆっくりと笑って座敷席の掃除の片付けを引き受けてくれた。

『なるかみや』は人生の悩みや迷いの中にある人に、一皿の料理を通じて光を指し示す場所。その光を見るかどうかは各人次第だけど、光のありかは教えてくれる。

　まさにいまの信子さんにはその光が必要なのだと思った。

　白木のカウンターにふたりで腰を下ろす。拓哉さんが目の前で仕事をしていたが、信子さんは気にするふうでもない。拓哉さんにも聞いてほしいのかもしれない。

　拓哉さんがお茶を淹れてくれた。信子さんがお茶をひと口飲んだ。

「今日来る人の名前は水森英樹《みずもりひでき》さん。かつての婚約者やと言うたけど、別に結納をしたわけでもないし、ふたりで将来を誓い合っただけの幼なじみ」

かつての恋人のことを、信子さんはそう説明した。

信子さんと水森さんは昔からいつも一緒にいた。同い年のふたりはごく自然に引かれ合い、信子さんが舞妓の夢桜さんになる頃には恋人同士となっていた。

しかし、ふたりの関係をそれぞれの家の両親たちが快く思わなかったのだそうだ。

「なぜ、ご両親は反対されたのですか」

「私の母親ももともと芸妓やったんよ。だから私もごく自然に舞妓を目指し、芸妓になるつもりやった。一方、水森さんの家は昔からの名家。家柄が合わへんゆうんが大きな理由やったみたい」

「いまどき、そんな理由が……」

信子さんがさみしげな顔をした。

「そうやね。私もそう思うわ。でも、それだけやなかったんよ」

「他にも何かあったんですか」

「母は芸妓になって何年かして、お座敷で父に見初められて結婚した。つまり、父が旦那になって身受けされたん。これは昔ながらの芸妓の在り方で、母は私もそうした方が幸せになるやろうと思ってた」

「結婚相手って、自分では選べないってことですか」

冷めたお茶が苦い。

「いまはだいぶ事情が違ってるから、芸妓も自分で結婚相手を選んでるけど、伝統的には母のようなケースが普通やったの。そして母は芸妓の伝統的な結婚をすることができたことを、芸妓として誇りに思ってた」

親たちの反対に遭った信子さんと水森さんは、最初は説得を試みたがまだ子供のふたりの言うことが大人たちの耳に届くわけもなく……。

説得がうまくいかないとなると、信子さんたちは過激な手段に訴えることにした。

「駆け落ち、ですか」

「ふふ。それこそいまの時代に合わん言葉かもしれんね。でも、私たちは真剣やった。もう京都になんて二度と帰るもんかって。高校の卒業の日に決行することにした」

「すごいですね」それだけ、互いに真剣だったのだな。

「待ち合わせ場所は、河原町にあった鴨川の川床料理の有名な店にしたわ。そこで京都での最後の晩餐としゃれ込もうって。水森さん、そういうしゃれっ気のある人なんよ」

「素敵な方だったんですね」

「ええ。ずいぶん背伸びしてふたりで予約したわ」

鴨川の川床料理の店の中でもトップクラスの店で、ハモや京野菜をたくさん使った料理が自慢。雰囲気的に高校生カップルが行く店ではなかったそうだ。

「当然、いいお値段ですよね」

「ええ。でも、彼が、親たちの言うことを聞いて静かにしてる振りをしてバイトに精を出してお金を貯めたん。私もお座敷のおひねりをうまく誤魔化して工面してね」

「それで、どうだったんですか」

先を促すと、信子さんの顔が苦しげに歪んだ。

「それで、おしまい」

「え？　何かあったんですか」

「待ち合わせのお店に――私が行かへんかったんよ」

「そんな――」

「行こうとはしたんや。でも、親たちだけやなしに置屋やお茶屋さんの女将さんたちにも駆け落ちがバレてしまって、待ち合わせのお店に行けへんかった」

「…………」

「いいえ、それは言い訳やね。私はやっぱり行ったらあかんと思ったんよ」

「どうして……？」

「芸妓や舞妓の世界しか知らん自分が、彼の未来を支えてあげられる自信がなかったんよ。……なんて、これも言い訳めいてるなぁ」

言葉がうまく見つからない。間接照明がとても暗く感じられた。

「水森さんはどうしたんですか？」

お茶のおかわりを淹れながら先を促した。

「待ち合わせの店についいて、私は親にも女将さんにも教えへんかったから、水森さんが捕まったりはせえへんかったと思う。現に彼はそのまま家に帰らんかった」

「帰らなかった……？」

「その日、私たちは駆け落ちして東京に行くつもりやったの」

「じゃあ、水森さんはおひとりで？」

「先日、本人がその約束通り東京に行ったたって言うてたから」

信子さんが肩を落としていた。

「水森さん、信子さんに会いに来たんですか」

信子さんが自嘲するような顔になった。

「まさか。私はどんな理由があっても駆け落ちの約束を反故にした女やで？　それにいま会いに来る特別の理由はあらへん。つまり、たまたま」

「…………」

四日前、偶然、自分のところの芸妓たちを迎えに行ったときに、お茶屋の客たちの中に水森さんを発見したのだという。

着ているものも髪型も、昔とはまるで違う。しかし、目や口元はかつてのまま。向こうも信子さんにすぐに気づいた。

「不思議やね。十五年間、まったく会ったこともないのに、見た瞬間に分かってしまうんやから」

「何で、二度と来ないと思っていた京都に、その男は来たんだ？」

不意に拓哉さんが疑問を口にした。信子さんがまた、ため息をついた。

「彼は東京で無我夢中で働いたそうやで。会社を興し、お金もえらい稼いだ。だからといって京都に戻りたいと思ったわけやなく、仕事上の付き合いで京都に来ただけやと言ってはりました」

「何で今日、うちの店で食事をすることになった？」

話の通りなら、信子さんは水森さんとたまたま再会した翌日の夜、『なるかみや』に予約を入れに来た計算になる。

信子さんがため息を重ね、額に手をやった。

「いまさら何があるわけでもないし、現に何もなかったんやけど。一回だけ、お互いの気持ちにケリをつけよう、みたいな話になってしもて、食事の約束をしてしまったんです。おごるからって言われて。昔っから強引やったなぁ」

もう二度と京都に来たくないという水森さんの気持ちは多分本当だったのだろう。

自分たちの将来を邪魔し、しかも信子さんは駆け落ちの場所に来なかった。思い出したくもない場所のはずだ。

しかし、もう一方で信子さんへの気持ちはどうなのだろう。

駆け落ちの場所に来なかったことへの怒りや憎しみはあるだろうが、それは愛情と両立していないと言い切れるのだろうか。当時も、そして現在も。完全に嫌いになった相手となら、わざわざいまになって食事の約束をするとは思えない。

多分、そのことは祇園で客商売をやって来た信子さんだって分かっているはずだ。

信子さん自身、自分の気持ちを持て余しているように見える。

飲食店の従業員としてはお客様の独り言として聞き流すのも礼儀かもしれないが、信子さんは私を「お友達」と言ってくれたのだ。力になりたい。

「分かった」

頷いた拓哉さんが和紙と筆を取り出し、今日の席のお品書きをまとめ始めた。

夕焼けの名残がそろそろ消える頃、仕立てのよいスーツを着こなした男性が『なるかみや』を訪ねてきた。久しぶりに東京の匂いがした。それが具体的にどうと言われても困るのだけど、たとえば私がいた店が夜になるとどこからともなく匂っていた男性整髪料と女性の香水の匂いみたいなもの。だからその人が東京から来た男性であり、水森英樹さんであることはすぐに分かった。

「ごめんください。『なるかみや』さんはこちらですか」

想像よりも声が控えめだった。京都弁のイントネーションはほぼ抜けている。意志の強さを感じさせるくっきりした眉と顎の形をしていた。少し肌が荒れているのは、これまでの苦労のしわ寄せだろうか。目つきは鋭く、いかにも切れ者らしい顔だった。ただし、少し我が強そうな雰囲気がある。三十代で会社の経営者をやっていると言われて間違いなく納得できる人。高そうなネクタイと腕時計をして、よく磨かれたストレートチップの靴を履いていた。

「ようこそいらっしゃいました。水森様ですね。お連れ様は先にお待ちです」

弥彦さんがそつなく座敷席に案内する。

信子さんが下座で深く礼をして待っていた。

「本日はご招待いただき、おおきに」

いかにも京都の雅な女将姿に水森さんの方が面食らったような顔をしていた。

「あ、ああ。今日はわざわざ来てくれてありがとう」

信子さんの前にある透明な壁のようなものが水森さんを阻んでいるように見えたのか、しゃべり方がぎこちなくなっていた。

頭を上げた信子さんに、水森さんが笑いかける。信子さんが笑い返すと水森さんがさらに笑顔を咲かせた。さっきまでの押しの強いビジネスマンの顔から、学生時代の屈託のない顔に戻っていた。

信子さんの方がまだ緊張しているようだった。

調理場で盛り付けの手伝いをしながら、私はそんなふたりの姿をどきどきしながら見ていた。

「よそ見するな。あしらう木の芽の角度が違う」

「あ、すみません」

盛り付け終わった先付けを弥彦さんが運ぶ。

「俺が京都にいた頃は、この店は知らなかったな」

「隠れ家みたいなお店やさかい」

「よく、来るの？」

「ときどき。ひとりで来たり、うちの子たちを連れてきたり」

「うちの子って……子供？」

「ふふふ。まさか。水森さんも見たでしょ。うちで面倒見ている芸妓や舞妓です」

「あ、ああ。はは。そうなんだ」

表面上は穏やかな会話だが、やはりぎこちない。

「不思議なものやね。舞妓だった私とジーンズ姿の水森さんが、こんなふうになるんやから」

「あのさ！」と、水森さんが大きな声を出した。「その『水森さん』っていうの、いまだけやめてくれないか。堅苦しいのは本当は苦手なんだ。知ってるだろ？　昔みたいに呼び合えないかな。……のぶちゃん」

ネクタイを少し乱暴に外した水森さんがそう言うと、信子さんが苦笑した。

「ほんま、変わらへんなぁ、ひでちゃんは」

水森さんがうれしそうに笑った。目尻に光るものが見えた。

先付けに箸をつけ、お酒を注ぎ交わす。

しばらく、近況を話していたが、ふとした拍子で水森さんが核心に触れた。

「まさかこんなふうにのぶちゃんにお酌をしてもらうことになるとはなあ。本当ならお店じゃなくて家で毎晩、こんなふうにしてもらえたはずだったのに」

思わず盛り付けていた手が止まる。信子さんの肩が緊張していた。

「ひでちゃんもすっかり東京の言葉になってしもたね」

水森さんがおちょこを置いた。

「十五年前のあの日、何で来てくれなかったんだ。連絡もなかった。俺と一緒に行くことがそんなにも嫌だったのか」

静かな声ながら、水森さんは堰を切ったようにたたみかけた。信子さんがうつむく。

「そんなことない」

「じゃあ、どうして」

「あの日は、私、両親にも女将さんにも見つかって、あほなことはやめなさいって」

「…………」

「みんなに散々怒られて部屋から一歩も出してもらえなくなって。ひとりで部屋で泣きながら思ってん。私は舞妓しかしたことない。東京に行ってもひでちゃんの足手まといになるだけやって」

「そんなことない。俺にはのぶちゃんが必要だったんだ」

「支えられるだけの女になんてなりたなかったの」

「それならそれでふたりで力を合わせて」

「舞妓しかしたことない私では、東京に居場所はないんよ」

弥彦さんがするりと座敷に入った。

「さあ、料理をお持ちしましたよ」

「ああ。ありがとう」

と、水森さんが冷静になる。

「人間って、面倒ですよね」

弥彦さんの意外な言葉に、信子さんと水森さんがぎょっとなる。

「それは――」

弥彦さんが静かにおばんざいを並べる。

「好き合っていた者同士がほんのささやかな掛け違いで人生を別れていく。別れてみて、いなくなって、自分の隣の空虚さに驚いて、嘆いて、悲しんで。この瞬間は気持ちを伝えきるために使うべきなのに、また過去の影に囚われて。いまを生きないで死んでいく」

「…………」

弥彦さんがくるりと表情を改めた。

「なんて。さ、どうぞお召し上がりください」

それぞれの料理がきらきらと光って見えた。このまえと同じだ。

「いきなり、昔のことを蒸し返して悪かった」

「いいえ。私こそ……」

「シンプルだけどおいしそうなおばんざいだね。さ、せっかくのぶちゃんが予約してくれたお店だ。食べよう食べよう」

少しばつが悪そうな水森さんがしゃべってごまかしている。あれ？　水森さんにはあのおばんざいのきらきらが見えないのかな。

「弥彦の言葉が料理に光を与える。それは誰にでも見えるわけではない」

拓哉さんが次の料理の用意の手を休めずに言った。まるで思いを見透かされているみたいだった。

「え……あ、そうなんですか」

それにしても、別に私は霊感が強い人間でもないのに何でだろう。

「何でおまえにそれが見えたかは、いつか分かるだろう」

神さまには隠しごとはできないらしい。

座卓の上には生麩焼きやひじきの煮物などが並んでいる。

「お菓子で食べるもんやとばかり思ってた生麩もこうして食べると大人の味がするんやね」

「甘いだけじゃないのが大人の味なんだろうな」

なかでも目を引くのが煮物で、五月のこの時期にふさわしい鰹の生節とふきの炊き合わせ。生節にすることで鰹の旨味が凝縮し、拓哉さんの出汁でさっと煮ることで嫌味のない上品な料理に仕上がっている。味見させてもらったが、私にはまだまだ真似できない繊細さと力強さの融合した品だった。

料理を食べながら、再びふたりに笑顔が戻ってくる。弥彦さんの言葉が伝わったのかしら。そして、いまこの瞬間、ふたりは何を思っているのだろうか。

私が聞いている範囲では、信子さんはまだ結婚していない。水森さんも、結婚指輪をしていない。

信子さんは本当ならまだまだ現役の芸妓としてやっていける年齢のはず。最初に挨拶に行ったときからずっと気になっていた。

しかし、水森さんが来る前に話したときに、芸妓は旦那に身受けされて結婚するといった昔のしきたりにヒントがあるような気がした。

ひょっとしたら信子さんはどの旦那の身受けも断るために、芸妓もやめたのではないだろうか。

それは私のただの勘ぐりかもしれない。でも、もしそうだとしたら、祇園のお座敷の中に何て可憐な純愛の真っ白い花が咲いていたことだろう。

「ごはんもの、そろそろ出しますか?」

料理の進み具合を見ながら私が確認する。

ごはんは俺たちで持っていくぞと言われ、私は拓哉さんと一緒に調理場を出た。拓哉さんがおひつを持ち、私が茶碗を持つ。

「ごはんもののあと、最後に甘味です」

と、私が案内する。

拓哉さんがごはんをよそっていた。炊きたてのごはんと独特の青い匂いがする。

「この匂い……エンドウ豆ごはん」

という信子さんの声に水森さんが意外そうな声を上げた。

「実は私が無理を言ってのぶちゃんに来てもらった以上、今日は私がおごると言ってあったんです。お店はのぶちゃんに任せましたが」

「そうでしたか。——いまが旬のエンドウ豆ごはんです。どうぞ」

と、水森さんに茶碗を手渡しながら、私は相づちを打った。

「ありがとう。——そうしたらこちらのお店は、外観も祇園らしく町家づくりだし、店内も洗練されている。いかにも高級なお店という感じで、私はてっきりあの日ふたりで食べそびれたハモとかを出されると思ってました」

そして、会計のときにはどこかの川床料理の店のように法外な金額を請求されると思っていたと水森さんが皮肉そうに笑った。

「そういうお高いお店によく行かれるんですか」

と、私が聞くと水森さんは首を横に振った。

「のぶちゃんが話しているかどうか分からないけど、実は私は高校卒業の時にのぶちゃんと駆け落ちをしようとして彼女に振られた人間でね」

水森さんの話に、信子さんが少し苦笑いしていた。

「そうだったんですか」

お客様のプライベートは聞き流す。私が内容について初めて聞くようなふりをする。

もっとも、事前に知っていることを水森さんに打ち明けたところで、私に何ができるか見当がつかなかったのもある。

「ああ、のぶちゃんに怒ってたりするわけじゃないんだ。ただ、過去の出来事として話しているんだ。そのとき、待ち合わせ場所に選んだ鴨川の高級料理屋さんで」

「ということは、鴨川の川床料理とかですか」

「そうそう。彼女は来なかったけど予約した手前、そのまま帰る度胸もなく、ひとりで食べたよ。一人前に減らしてはもらったけどね。ハモなんてどこがおいしいのかさっぱり分からなかった。最後のごはんもやたらいろんなものが入ったことしかおぼえていないよ。ははは」

「そうでしたか」

「ただ、めっちゃ高かった記憶だけある。小遣いもバイト代も全部持っていたけど、まるで身ぐるみ剥がされたような感じだったよ」

水森さんが淡々と語っていた。

「ひでちゃん……」

エンドウ豆ごはんをふたりに配り、拓哉さんが座敷の端に正座した。

「この店はおばんざいを出している。他の店の強欲な人間は知らないが、ここでは季節季節でできる限りいちばんうまいものを味わってもらう。甘味だけはそういかないこともあるが、それがおばんざいの心だからだ」

信子さんがエンドウ豆ごはんを一口食べて、目を丸くする。

「ああ、おいしい。エンドウ豆ごはんはいまがいちばんやねぇ」

水森さんもその言葉に誘われるように箸を取る。

一口食べるや、「あっ……」と言ったきり、ひたすらごはんを口に運び、味わうことに専念した。

「エンドウ豆のほっこりした食感と味わい、絶妙な塩加減、それらとごはんの透明な味わいがきれいにひとつになっている。こんなエンドウ豆ごはんは食べたことがない」

お味噌汁を出しながら、弥彦さんが和歌を口ずさんだ。

人はいさ　心も知らず　ふるさとは
　花ぞむかしの　香ににほひける

――さあ、人の心は分かりませんが、ふるさとでは花は昔の香りのままに匂っています。

信子さんたちがその歌に箸を止める。

「百人一首にある歌だよ。読んだのは『土佐日記』でも有名な紀貫之って人。人の心はさておき、季節の香りは変わらない。いまの季節ならまんまるに育ったエンドウ豆をおいしくいただく。値段はそんなにしなくても、それっていちばんの贅沢だよね」

「たしかに、そうですね。このエンドウ豆ごはんは絶品だ」

「さっきさ、十五年前に川床料理の店でお金をむしり取られた話してたけど、水森さんの話通りなら高校卒業の頃、つまり三月くらいの話だよね」

「ああ、そうです。僕は卒業証書を親に見せてすぐに家を出た」

「だとしたらさ、そのお店に騙されたんだよ」

「え？」と、水森さんの顔色が変わった。「お店の人がオススメだからって予約したんだぞ」

「だってさ、〝人はいさ心も知らず〟今も昔も、ハモは夏が旬だもん」

「あっ」と、信子さんが口元に手をやった。「そう言えばそうや」

するると水森さんが少し間を置いて、声を上げて笑い始めた。

「あははは。これはいい。僕は京都にいたくせにハモの旬が夏だということも知らずに駆け落ちだとか騒いでたのか。そんな世間知らず、周りの大人たちが反対するに決まってるよな。ははは——」

目尻をぬぐいながら笑い続ける水森さんに、私は言わずにはいられなかった。

「そうかもしれません。でも、あなたはその悔しさをばねにして東京で身を粉にして働かれたんですよね？　そうして自分で会社を作り、お金もしっかり貯めた。それはとてもすごいことだったと思います」

水森さんが笑い声を止めて、私の顔をちょっと怖いような顔で見つめた。

「――そんなふうに言ってくれるのですか」

「はい」

「――ありがとう」

水森さんの向こうで、信子さんがそっと涙を押さえていた。

弥彦さんが続ける。

「ひどい店にあたって災難だったと思うよ。いまの時代、水菜なんかは冬でも手に入るし、それはそれでおいしいけど、旬でない食べ物はどうしてもおいしさに限界がある。その時の季節外れのハモ、きっとおいしくなかっただろうから、どんな味だったか覚えていないのも無理ないさ。一見地味でも五月が旬のエンドウ豆を、拓哉みたいな本当のプロフェッショナルが精魂込めてごはんにすれば、すばらしいごちそうになったでしょ？」

「本当においしいですわ。私、何度かこのお店に来させてもろてるけど、こないにおいしいエンドウ豆ごはんは初めてでした」

信子さんの言葉に、拓哉さんが黙って頭を下げて言った。

「一見地味で飾らないモノの中に、本当にかけがえのないものが隠れている。〝人はいさ心も知らず〟さ。でも、ふたりとも、それに気づいているんじゃない？」

軽くため息をついて、水森さんがもう一度、エンドウ豆ごはんを頬ばった。

「このエンドウ豆のごはんも、夏や秋ではここまでおいしく作れないってことなんだよな」

「ええ」

と、信子さんもまたエンドウ豆ごはんを食べる。

「のぶちゃん、僕たちはひょっとして出会うのが早すぎたのかな。幼なじみではなく、たとえばいま出会っていたら……」

「…………」

このエンドウ豆ごはんのように、いまなら素晴らしいふたりの未来を手にすることができたのだろうか――。そんな心の声が私にも聞こえてくるようで、思わず胸が詰まる。

水森さんが箸を置いて信子さんに問うた。

「もし、十五年前の店がここだったら、俺たちどうなってたかな？」

信子さんが涙を堪えるような顔で顎をそらせた。

しばらくして立ち上がると、「弥彦さん、ちょっとお願いできる？」と声をかけた。信子さんは軽く頭を下げると、いぶかしげに見上げる水森さんには何も説明せずに、弥彦さんを伴って奥へ行ってしまった。

空いているお皿を下げ、お茶を新しく淹れていると、奥から信子さんが「お待たせしました」と戻ってきた。

信子さんの声に振り返って私は絶句した。

「その姿は……」

弥彦さんに手を取られて歩いてくるのは日本髪を結い上げて白粉を塗った美しい芸妓姿の信子さん。

いや、匂うほどに美しい女盛りの夢桜さんだった。

引きずりの長い裾を片手に持ち、ゆっくりと歩いてくる。着物は深い紫地に薄紅色の桜の花びらをあしらっていた。持ち上げた裾から覗く赤い襦袢《じゅばん》が色気を添える。帯は黄金色ながら華美な印象よりも高貴さを感じさせた。

それというのも、夢桜さんがあまりにも美しすぎたからだ。

白塗りの肌。目の周りのほのかな赤み。口に差した鮮やかな紅。もともと美人顔の夢桜さんの美貌が輝いていた。かんざしは芸妓らしく控えめで、かえって夢桜さんのきれいな顔に視線を導いている。

座敷に上がり、裾を翻して正座した。雅な仕草で一礼。

「久しぶりにこないな格好しまして、お見苦しくないやろか」

はにかむような微笑みが見る者の心を鷲づかみにする。たおやかな声が耳に心地よかった。気品のある色香がごく自然に放たれて目眩がしそう。

弥彦さんが「祇園最高の芸妓のひとり」と絶賛した人物がそこにいた。

「きれいだ……」

水森さんはそれしか言わない。それだけしか言えない。

弥彦さんが慣れた手つきで三味線を弾き、唄う。

それに合わせて、夢桜さんが舞う。

少女の可憐さと大人の女性の美麗さが舞の中で次々に表われ、溶け合う。

夢桜さんは何も語らない。

しかし、投げかけられたまなざしが、伸ばした指先が、傾けた首すじが、舞の所作のひとつひとつが雄弁に語っているようだった。

水森さんも何も言わない。黙ってその舞を見つめている。夢桜さんが舞に込めた言葉を心全部で聞こうとするように……。

やがて、舞が終わったとき、水森さんは静かに涙を流した。

「これが、のぶちゃんの――夢桜の答えなんだね」

この十五年があったから、祇園の夢桜はいま、あでやかに桜の花を咲かせることができるのだ、と。

•

それからふたりは再び和やかに話しながら、最後の白玉を食べた。これも弥彦さんの手作りで、私も食べたことがあるけど他の店にはない食感が特徴。五月なので子供客がいるときには柏餅のように作ることもあるけど、今日はお化粧をしている夢桜さんにも食べやすいように小さめの白玉だった。

「ああ、白玉なんて久しく食べていなかったけど、こんなにうまいものだったっけ」

「ここのものは何もかも特別やさかい」

「そうだね」と、水森さんが少し遠い目をした。

「ここは何もかも夢みたいだった。これから僕は現実に戻らないといけない」

食事が終わると、水森さんが先に『なるかみや』から出ていく。よい食事をさせてもらったと、夢桜さんにも微笑みかけていたが、店を出るとひとりのビジネスマンの顔に戻っていた。

見送った夢桜さんは、カウンターに腰を下ろした。弥彦さんが黙って隣に座る。

「あの人、お店から出た途端に見たことない背中になってた」

「そうか」

と、拓哉さんが夢桜さんにお酒を改めて用意し、お酌していた。

「ぬる燗にしてくれてんね」

「五月も半ばを過ぎたけど今夜は少し肌寒い。それに、こういうときの冷や酒は、あとから効いてくるから」

夢桜さんはおちょこを傾けた。

「思った通りにならんことが、のちのち幸せになることもあるのよね」

「そうかもしれないな」

「あなたのおばんざいは改めて私たちにそれを教えてくれはった。おおきに」

白木のテーブルに透明な雫がぽとりと落ちる。

十五年前、駆け落ちを誓った無垢なふたりを想い、夢桜さんは泣いた。

祇園の夜の賑わいが遠くに聞こえている。

第二話　娘への想いは茶碗蒸しときんぴらに

信子さん——夢桜さんの涙は私の心を激しく揺さぶっていた。

あまりにも美しくて、切なくて。

それなのに、一緒にあの場にいたのに、拓哉さんみたいに伝える想いを乗せて料理を考えることも、弥彦さんみたいに言葉で気持ちを導いてあげることもできなかった自分が悔しかった。

夢桜さんに対してだけではない。他のお客様へも同様だった。

やっぱり、私はこの店でたくさん学びたい。勉強したい。お客様に寄り添えるような料理を作れるようになりたい。

拓哉さんの指導が厳しくても、弥彦さんの物言いにかちんとなっても、絶対あきらめない。

「——そんな決意を固めてがんばろうと思っているんです」

と、私はいつも『なるかみや』に食材を納品してくれる静枝さんに話していた。もちろん、信子さんのことは伏せている。

『なるかみや』は一日一組限定でメニューもないお任せのお店だけど、私が個人的にお茶を出したりする分には構わないだろうと、最近はときどきふたりで客席に座って残ったおばんざいをつまみながらお茶を飲んでおしゃべりをするのだ。ちょっとした女子会気分かも。

「すごいよ、咲衣さん。少しはうちの娘にも見習ってほしいわ」

お茶うけは昨夜の残りのひじきや古漬け。地味なことこの上ないが、祇園の町家造りのお店でこういうお茶をいただいていると、一周回っていい感じだった。

「そんなことないですよ。そういえば、静枝さんの娘さんっておいくつなんですか。

――ひじき、おいしいですよ」

「ほんと、いい味。――うちの娘はいま中学生。陽菜《ひな》っていうんだけどさ、最近めっきり色気づいちゃって、思春期なのか反抗期なのか……」

「あー」いちばん微妙な時期かも。「でも、静枝さんの娘さんなんですから、大丈夫ですよ」

だといいんだけど、と静枝さんがうつむき気味になった。

「うち、主人が死んでシングルマザーだって話は前にしたでしょ？」

「ええ」

静枝さんは五年前にご主人をガンで亡くし、ひとり娘を女手ひとつで育てているのだそうだ。

「私は主人との結婚が初婚だったけど、実は主人は二度目でね。陽菜は主人の連れ子なのよ」

「え、本当ですか」

静枝さんが小さく息を吐いた。

「主人の前の奥さん、つまり陽菜の本当のお母さんもガンで亡くなってるの。主人は私と再婚するときに、まだ赤ちゃんの陽菜がいることを気にしていたけど、私は主人が好きだったし、陽菜のことも好きだったから全然気にしないで結婚して」

「そうだったんですか……」

「まあ、血はつながっていないだけで、私も陽菜のことは心底、自分の娘みたいに思っているから」

「娘さん、陽菜ちゃんはそのことは知っているんですか」

「ううん。主人とも話して、陽菜が高校生くらいになったらきちんと説明しようって話してたの。でもね」

静枝さんが大きくため息をついた。

「何かあったんですか」

「最近になってたまたま陽菜が戸籍を見ちゃったみたいで、自分が私と本当の親子ではないと知ってしまったのよ」

私も思わず大きく息をついた。

「それは……陽菜ちゃん、ショックだったんじゃないんですか」

「そうなのよ。おかげで最近はまともに話もしてくれなくなっちゃって。来年、高校受験だから進路のこととかいろいろ話さなきゃいけないんだけどね」

「つらいですね」

「もうすぐ陽菜の誕生日だっていうのに。やだなぁ、こんなの」

静枝さんが目尻を指で弾くようにした。

その静枝さんの仕草が胸に痛くて、考えるよりも先に言葉が出ていた。

「陽菜ちゃんのお誕生日、『なるかみや』でやりませんか」

「え？」

「ほら、このお店、拓哉さんと弥彦さんっていう双子の神さまのお店じゃないですか。人生の希望を教えてくれるお店。だから、神さまパワー的なもので、陽菜ちゃんのこともうまくいくんじゃないかなーって」

唐突だったのか、静枝さんがびっくりした顔をしていた。

「パワースポット的な？」

「そうですそうです。それに、うちのお店って、一日一組しかとらないからプライベート空間だし、母と娘でおばんざいを食べながら、本音で話し合って仲良くなれたらいいなって」

そのとき、二階から拓哉さんと弥彦さんが降りてきた。

「咲衣さん、営業活動お疲れさま。陽菜ちゃんの誕生日はいつ？」

「六月一日ですけど……」

あと一週間くらいだ。拓哉さんがカレンダーを確かめる。

「その日なら空いている。ふたりで来るといい」

「いいんですか？」

「静枝さんにはいつもお世話になってるし。静枝さんにもようちを使ってもらっているんだから、娘の陽菜ちゃんにも食べに来てもらいなよ」

「咲衣、陽菜ちゃんの好物を聞いておけよ」

「はい」

陽菜ちゃんの好物は茶碗蒸しと根菜のきんぴらだと静枝さんが教えてくれた。

その日までに根菜のきんぴらを私が『なるかみや』のレベルで作れるようにすべしと、拓哉さんが私に宿題を出した。


翌日、店先を掃除していると、紺のブレザーで襟元に青いリボンを結び、チェックのスカートを履いた女の子がやって来た。学校の制服だろう。

「『なるかみや』さんはこちらですか？」

「はい、そうですが……」

すらりと背が高く、透明感のある肌をしていた。ショートヘアに目は黒目がちで、とてもかわいらしい。成長期のエネルギーが身体の中で渦巻いているように溌剌《はつらつ》とした女の子だった。

中学生くらいかなと思ったとき、私はふと、静枝さんの娘の陽菜ちゃんのような気がした。

「いつも母がお世話になっています。吾妻静枝の娘の陽菜と申します」

「ああ。初めまして。鹿池咲衣です。お母さんにはいつもお世話になっています。雰囲気がそっくり」

これは本当だった。

亡くなったご主人の連れ子だったということは、静枝さんとは血がつながっていないわけで、肉体的遺伝的な意味ではたしかに静枝さんとは似ていない。

でも、立ち姿の雰囲気や話すときの表情が静枝さんと同じ空気だったのだ。

雰囲気がそっくりと言われた陽菜ちゃんの方は少したじろいでいた。いわゆる反抗期に母親に似ていると言われたら、私だって微妙な気持ちになるだろう。

ましてや、陽菜ちゃんは静枝さんと血がつながっていないことを知っている。

「あの、先日、母が私の誕生日にこちらに予約を入れたと聞いたので、そのキャンセルに来ました」

「キャンセル？」

思わぬ言葉に私が聞き返すと、ちょうど盛り塩をしに出てきた拓哉さんが怪訝な顔をした。相手が静枝さんの娘だと分かると、ふーんと頷いて店の中へ誘った。

「いえ、学校の帰りなのでお店とかは入れません。とにかく、キャンセルでお願いします」

「キャンセルはいつでもできる。しかし、予約を入れたのは静枝さんだ」

本人でないとキャンセルは受け付けませんと言いたいのだろうか。黒髪の神さまはいつも言葉が足りないんだって。

「どうしたの、拓哉。お、中学校の制服。ひょっとして静枝さんのところの陽菜ちゃんかな」

茶髪の神さまがにこやかにやって来た。

ごく普通のチャラい人にも見えるけど、その分、弁が立つ。

弥彦さんのトークで何だかんだとなだめすかして店内で話を聞くことになった。

下校途中の寄り道はしないと言っていた陽菜ちゃんが、いつの間にか店の中でお茶を飲んでいる。弥彦さんのトークは続き、あれよあれよという間に本日のお客様として陽菜ちゃんが前菜に箸をつけていた。弥彦さん、ホストとかやったらすごそう。神さまだから絶対やらないだろうけど。

「やれやれ。今日は中学生がお客さんか。まあ、家族連れとはいえ、幼稚園まえのお客さんもいたからいいのだが」

　などと言いながら、拓哉さんもいろいろと作ってくれている。

　相手が中学生でも一切手は抜かない。真剣すぎるほどに真剣な横顔が凜々しい。

　陽菜ちゃんだけが相手なら私も何か作らせてもらえるかと思ったが、甘かった。調理場に入らせてはもらえているが、盛り付けと洗い物担当のままでした。

「今日はお金はいいよ。静枝さんにはいつもお世話になっているし。どうしても気になるなら――」

「お財布は持っています」

「大人になってからの出世払いでいいよと言おうとしたのだけど、気になるならうちのやさしい拓哉お兄様に値段を聞くといいよ」

「言い方がイラッとする。値段をつければ五百円でいいと言おうとしたが、きみは払わなくていい。弥彦に五万円払わせるから」

「値段が変わってるよ、やさしいお兄様」

　陽菜ちゃんの心を解きほぐそうと弥彦さんがおどけてみせていた。

　それだけでというわけではないだろうが、おばんざいを食べ終わる頃にはだいぶ険が取れていた。

「お腹が空くとイライラするからね。いまは少し落ち着いたんじゃないかな」

「……ごちそうさまでした」

「食べたあとにきちんとごちそうさまが言えるのはお父さんとお母さんの教育のおかげだね。素晴らしいことだよ」

「はあ……」

陽菜ちゃんが少し迷っているような顔をしている。私は空いた食器を片付けながら話しかけてみた。

「今日のおばんざい、味はどうでした？」

「あ、おいしかったです」

「よかった。おいしいと思ってもらえたなら、お誕生日もお母さんと一緒に食べに来てよ」

「そうそう。この子が静枝さんにお誘いをかけたんだよ」

弥彦さんが付け加えると、陽菜ちゃんが私を見る目に若干の敵意が混じった。

「私、京都に来たばかりだから、静枝さんみたいな人にいろいろ話聞いてもらえるとすごく助かってて、それで、まあ、お礼的なものも兼ねて――」

大きなため息が陽菜ちゃんから漏れた。目に涙が浮かんでいる。

「お母さん――」

「え、あ、どうしたの、陽菜ちゃん⁉」

陽菜ちゃんがおしぼりを目に当てて首を横に振っている。何度も大きく息をしながら、気持ちを落ち着かせようとしていた。

「私、知ってるんです」

と、陽菜ちゃんが打ち明けた。

静枝さんが話してくれた通り、自分が本当は静枝さんの娘でなかったことを知って苦しんでいるのだな。中学生の女の子には重たいよね――。

「陽菜ちゃん……」

と、彼女の背中に触れて慰めようとすると、思いがけない言葉が続いた。

「私が、お母さんの娘ではないことはずっと前から知っていたんです」

「ええっ」

静枝さんの話と違う。陽菜ちゃんがそのことを知ったのはつい最近ではなかったのか……。

「戸籍を見て本当にそうだったんだって分かったのはつい最近です。でも、お父さんが死ぬ直前に私に、おまえにはお母さんがもうひとりいるんだって本当のことを教えてくれたんです」

「そうだったんだ……」

静枝さんのご主人、陽菜ちゃんのお父さんが亡くなったのはいまから五年前。そのときから陽菜ちゃんは、静枝さんと血がつながっていないことは知っていたということになる。真実を知っていて、それでもずっと静枝さんのことを母として愛し続けていた……。

「でも、私にとって、お母さんはいまのお母さんだけだからって。そう言ったらお父さんも、それでいいんだって。だから私はそれまで通りいまのお母さんだけをお母さんだと思ってた。それなのに」

陽菜ちゃんが戸籍を見たと知った静枝さんの方が動揺してしまった。真っ青な顔になって、深刻そうになってしまい、改めて話すからと腫れ物に触れるようにされてしまった。

「陽菜ちゃんにはそれがショックだったんだね」

「お母さんの方がおかしいんですよ。血がつながっていないとバレたら、私がお母さんを嫌いになるとでも思ったのかな?」

「お母さんもいろいろ考えちゃったんじゃないかな」

「私、そんなふうに思われていたことの方が悲しい――」

とうとう陽菜ちゃんが堪えていた涙をこぼしてしまった。

「だったら、いま陽菜ちゃんが言った気持ちを、素直にお母さんに話そうよ。ね?」

と、提案したが陽菜ちゃんはいやいやをするようにした。

「こんなこと、話すつもりはなかったんですけど。お母さんがいないから本音を思わず言っちゃったのかも」

拓哉さんたちが目配せするのを見て、私にも合点がいった。陽菜ちゃんは、この双子の神さまの料理と言葉の力で心が素直になっていたのだろう。

「でも、陽菜ちゃん。お母さんだって陽菜ちゃんのことを気にかけてるんだよ」

「私だってもう大人です。お母さんだって離婚じゃなくて病死だったんだから、仕方ないじゃないですか。それに前のお母さんだって、大好きだって思ってるのに、お母さん、私のことを信じてくれてないのかな」

陽菜ちゃんは思ったよりも深く傷ついていた。

「信じてるよ。信じてる」

「ありがとうございます。でも……お父さんが死んだときに私がいなければ、きっとお母さんはもっと自由に生きられたのかもしれない。そんなことも考えてしまうんです。私、お母さんにとって邪魔なのかなって、すごく不安で」

「邪魔なんてそんな――」

「私がいなくなった方がお母さんにとっては幸せなんでしょうか」

思考が堂々巡りに入っている。

そんなことを言っては静枝さんが悲しく思うに決まっている。そう私がたしなめようとしたら、横合いから鋭い声が差し込まれてきた。

「滅多なことを言うものではない。言葉には力があるんだ」

厳しい一喝は拓哉さんからだった。そうですよねと陽菜ちゃんは謝ったが、まだまだ気持ちを持て余しているようだった。


その翌日だった。

「昨日は陽菜がお世話になりました」

と、静枝さんが納品のときにお礼を言った。

「いいえ。かわいい娘さんですね」

私がそう言うと、静枝さんが我がことのようにうれしそうに笑う。

「恐れ入ります。お金は払わなかったと聞いたので、今日、私がお支払いしますね」

「あ、大丈夫です。弥彦さんが五十万円払ってくれるそうなので」

「ちょ、咲衣さんまで!?　しかもすごく高くなってるよね!?」

静枝さんと笑っていると、静枝さんのスマートフォンが鳴った。

「見たことがない番号だけど、どこかのお客さんかな。――はい、吾妻です」

電話に出た静枝さんの顔色がすぐに一変した。

「陽菜が怪我!?」

聞き捨てならない事態に、私と弥彦さんは顔を見合わせた。

病院の名前を聞き、すぐ行きますと叫ぶようにして電話を切った静枝さんは、顔面蒼白で倒れそうになっていた。

「静枝さん、しっかりしてください」

「陽菜が大怪我をして意識が戻らない状態だって――。私、すぐ行かなきゃ」

しかし、この状態の静枝さんでは病院まで自力で運転できそうにない。私は奥にいた拓哉さんに事情を話すと、静枝さんを病院へ連れていくことにした。

「俺と弥彦で残りの配送は何とかする。だから荷物と伝票は置いていけ」

「あ、拓哉さん。ありがとうございます。弥彦さんもありがとう」

「大丈夫。こっちは安心して。さっきの病院までの道のり、スマホで検索しといた。咲衣さん、静枝さんと陽菜ちゃんをよろしくね」

「はい」

病院までの二十分の車の中で、ずっと静枝さんは震えていた。

陽菜ちゃんが怪我をしたのは体育の授業でのことだった。体育倉庫の中で用具を片付けていたときに道具につまづいた陽菜ちゃんが転倒した。その拍子に、周りのいろいろな用具がまるでドミノのように倒れてきたという。しかも運悪く、鉄製のトンボなど重い物がたくさん集中して頭部に倒れてきたということだった。

すぐに救急車で病院へ運ばれたが、頭を強く打っていてここ数日は予断を許さない状況だった。

集中治療室で包帯を巻かれ、たくさんの管につながれている陽菜ちゃんは、何度見ても昨日来た女の子と同一人物とは思えなかった。

マスクを着けて帽子を被り、防菌された薄黄色のガウンを着た静枝さんが、娘のベッドにすがって泣いている。

「どうして、どうしてこんなことに――」

呼びかけても、手に触れても、陽菜ちゃんからの反応はない。

電子音が規則正しく響いているだけだった。

静枝さんにどう声をかけていいか分からない。

やがて、看護師から何かあったら連絡するのでお母さんこそ少し休んでくださいと何度か言われ、静枝さんは病院からいったん帰ることにした。

状況を弥彦さんに連絡して『なるかみや』に寄る。弥彦さんたちも詳しい話を聞きたかったようだし、静枝さんの代わりに拓哉さんと弥彦さんが届けた商品の納品書も渡さなければいけない。

店に着くと拓哉さんが甘いミルクティーを淹れてくれた。

紅茶とミルクのやさしい香りの温かい液体を飲むと心が癒やされるようだった。飲みながら、静枝さんが陽菜ちゃんの容体を説明する。ここ数日が山だと話すと、さすがに弥彦さんも普段のような軽口を叩けなくなっていた。

「陽菜にもしものことがあったら、私、どうしたらいいの。死んだ主人にも陽菜を産んでくれた前の奥さんにも何て謝ったらいいのか……」

再び取り乱し始めた静枝さんの手に、私は自分の手を重ねた。

「大丈夫。静枝さん、大丈夫」

と、声をかけると、静枝さんが何度も頷いてくれた。

静枝さんは鼻を啜って涙をぬぐい、笑顔を作った。

「ごめんなさい、思いっきり泣いちゃって。陽菜もがんばってるんだから、私もがんばらないといけないですよね」

「明日くらいは休んだ方がいいですよ」

「ありがとう、咲衣さん。でも、入院のお金もいるだろうし」

「静枝さん……」

「陽菜は、とってもいい子なんです。よく気がついて、家のこともやってくれて。でも、しっかりしているように見えてまだまだ子供で」

「そうなんですか。そんなふうには見えませんでした」

外面がいいのよと静枝さんが笑っている。

「ときどきいまでも一緒の布団じゃないと寝ようとしなかったり。こんなに甘えん坊で高校生になれるのかしらなんて心配するけど、でも、そんな娘もとてもかわいくて。私の方が子離れできないでいるのかな……」

そう言うと静枝さんが深く息を吐いた。

「自分で思っている以上に疲れてると思いますよ。家に帰る前にここで少し休んでいったらどうですか」

「でも、病院から連絡があったりしたら――」

「だったらなおさら、ここでなら私が静枝さんのスマホを取れますから」

最終的に静枝さんは私の説得を聞き入れて、今日は使わない座敷席の隅で仮眠を取ることにした。座布団を並べて敷き布団のようにして横になると、よほど疲れていたのか、すぐに寝息を立てはじめる。

弥彦さんが二階から毛布を持ってきて、静枝さんにそっとかけた。

「あのさ、弥彦さんと拓哉さんって、双子の神さまなんですよね」

「そうだよ」

「だったら――」

「陽菜ちゃんの怪我を治してあげてくれなんて、咲衣さんが言っても僕らは叶えてあげられないよ」

　思いのほかきっぱりと断られてしまった。

「いきなりシャットアウトしなくてもいいじゃないですか」

　さらに冷たい口調で弥彦さんが言葉を放り込んだ。

「あの子は自分自身の言葉でこうなったんだから」

「え――？」

　頭から血の気が引く感じがした。普段ふざけたようなことばかり言っている弥彦さんが低い声でそう言うと、ひどく不穏だ。

「ちょっと、何てこと言うんですか」

　しかし、弥彦さんが行きすぎたときにはつっこみを入れる拓哉さんが難しい顔のまま。これでは弥彦さんの言ってることを拓哉さんも支持しているみたいではないか。

「昨日さ、陽菜ちゃん言ったでしょ？　『私がいなくなった方がお母さんにとっては幸せなんでしょうか』ってね」

「あっ――」

「人間っていうのはやっぱり愚かだよ。静枝さんは陽菜ちゃんかわいさで自分の実の娘ではないことを隠していた。陽菜ちゃんは陽菜ちゃんで自分が静枝さんと血縁関係にはないことを知りながら、母親として精一杯愛していた」

「それのどこが愚かなんですか」

「愛し方がさ、人間は未熟なんだよ」

「どういう意味ですか」

　何だか少し腹が立ってきた。

「静枝さんはさ、静枝さんから見た陽菜ちゃんの気持ちを考えているんだろうけど、陽菜ちゃんから見た陽菜ちゃんの気持ちは別なんだよ。分かる？　陽菜ちゃんは、信じている母親が、血のつながりとかいうこの世的な尺度で悩んでいることに傷ついてたんだよ」

「この世的な尺度……」

「陽菜ちゃんにとって、血のつながりはなくとも、一緒に暮らして、愛情というこの世では目に見えず、手でも触れられない大切な気持ちをくれてた静枝さんこそが母親。それなのに、肝心の静枝さんの方が勝手に陽菜ちゃんが傷ついてないかと想像して、勝手に怯えてる。それがいちばん陽菜ちゃんを傷つけてたんだよ」

「それで、そんなにお母さんに心配をかける自分なら、いない方がよかったのではないかと自虐的になっていたのだ」

　と、拓哉さんが付け加えた。

「そういう言葉は効くからね。拓哉が叱ったんだけど、ダメだったみたいってこと」

「『ダメだった』って？」

「言葉には力がある。言魂《ことだま》ってヤツさ。言葉は発されて語り手の人格を飾り、聞いた人たちに影響を与えながら、語り手にも耳から戻って運命を創る。いま、陽菜ちゃんは自分の言葉通りになろうとしているんだよ」

話を聞いていたら、私の方が泣けてきた。

「じゃあ、どうしたらいいの？」

「お医者さんが言ってたんでしょ、この数日が山だって。静枝さんや咲衣さん、それに僕らにもできることは、それを過ぎ越せるように祈ることだね」

文句のひとつも言ってやりたいが、板前姿でも、茶髪ジーンズ姿でも、ふたりは神さまだ。反論しがたい威厳があった。

拓哉さんが人参の皮をむきながら独り言のように呟いた。

「あともうひとつ、可能性がないわけではない」

「えっ!?　何があるの!?　どうしたらいいの!?」

御百度参《おひゃくど》りとかだろうか。神社にお賽銭を多めに入れることだろうか。

しかし、続く拓哉さんの言葉に、せっかく見えかけた希望が薄れていく気持ちになった。

「陽菜ちゃん自身が、自分が発した言葉の間違いに気づき、反省することだ」

「目が覚めなきゃできないじゃないですか」

あとになって考えれば、拓哉さんたちの言う通りだった。まだこのときの私は祈りも反省も言葉の力も何も分かっていなかったのだった。

陽菜ちゃんが大怪我をした翌日、私たちのアドバイスもあって静枝さんは仕事を休んだ。疲れがあることもそうだったが、病院の先生が詳しい説明をしてくれるということだったからだ。それに何より、静枝さんも少しでも長く陽菜ちゃんのそばにいたかったのだ。

今日も私が運転手となって、ふたりで病院へ行く。

まだ陽菜ちゃんは目を覚ましていなかった。

静枝さんがひとりでは不安だから付き合ってほしいというので、私も一緒に担当の医師の話を伺うことになった。

医師の話では一進一退というところらしい。

いちばんひどいのは頭蓋骨の骨折だが、他にも右腕と右大腿骨の骨折もあった。

そのため、意識が回復したとしてもリハビリがかなり必要になるのは覚悟しなければいけないということだった。

しかし、それよりもまず気がかりなのは、陽菜ちゃんの意識の回復だった。

「お願いします、先生。何とか、娘をお願いします！」

若い男性の担当医師に静枝さんが泣きすがっていた。

「我々もそうなるよう努力しますけど、最後は娘さんの生きる意志にかかってますから……」

生きる意志という言葉に、昨日の弥彦さんたちとのやりとりが思い出された。

「そういえば念のための確認なんですけど、娘さんはＡＢ型で、お母さんはＯ型なんですね」

医師としてはごく事務的な質問に過ぎなかったかもしれない。しかし、切羽詰まっていた静枝さんは、何気ない言葉に感情を爆発させた。

「あの子と私は血液型は違います。血がつながっていませんから。でも、大切な娘なんです。幸い、私はＯ型です。あの子から輸血はもらえませんけど、私からあの子に血をあげることはいくらでもできます。血でも心臓でも私のなら何でもあげます。だから、私の娘を助けてください！」

若い担当医は静枝さんの叫びを横顔で聞きながら、電子カルテに何事かを黙々と入力していた。

病院からの帰り道、私は八坂神社に静枝さんを誘った。

途中で先日、『なるかみや』から連絡を受けた巫女さんが財布はまだ見つかっていないと申し訳なさそうに頭を下げてくれた。財布は財布で気になるが、いまは陽菜ちゃんだ。

静枝さんは地元なので、かえって八坂神社にはあまりお参りしたことがないらしい。困ったときの神頼みみたいになってよくないのではないかと、静枝さんが律儀に心配していた。

「静枝さん、『なるかみや』のふたりが神さまだってご存じじゃないですか」

「ええ」

「だとしたら、八坂神社にお参りしなくても、しょっちゅう八坂神社の神さまには会ってらっしゃるんだから、問題ないんじゃないでしょうか」

「ああ、なるほど」

拓哉さんと弥彦さんの正体は八坂神社の主たる祭神である素戔嗚尊の子供たち。拓哉さんたち自身も、この八坂神社に祀られている神さまなのだ。

なぜわざわざ八坂神社に来たのかといえば、昨日、拓哉さんと弥彦さんが陽菜ちゃんを助けることにあまり積極的に見えなかったからだ。

ふたりの言っていることは分かるが、それはそれ、これはこれ。双子の神さまでダメなら父親にお願いしてみようという思いつきだ。

そう、あくまでも思いつき。根拠も何もない。

素戔嗚尊は日本の神話に詳しくない私でもうっすらと知っている。八岐大蛇《やまたのおろち》を倒した強い神さま。控えめに言って結構激しめの神さまだろうから、果たして大怪我を負った女子中学生の救命に手助けしてくれるだろうか。

いや、やらない後悔よりやって後悔だ。

その信条のおかげで京料理の店の実技試験に落ちて行くところがなくなったのだが、そういう暗い考えは心の隅に鍵をした。

本殿にお参りをする。

いつもより気持ち、多めのお賽銭だが、これっぽっちのお金で人ひとりの命を救ってくれとお願いしようとしているのだ。

やはりこれは祈りというより強欲なのだろうか。そんな考えもいまは心の中で鍵をしておこう。

二礼二拍手ののち、心の中で真剣に呼びかける。

――素戔嗚尊さま、いつもありがとうございます。

拓哉さんと弥彦さんにお世話になっています鹿池咲衣と申します。

いま、ふたりのお店にいつも食材を届けてくれている吾妻静枝さんの娘の吾妻陽菜ちゃんが大怪我をして意識不明の状態です。

拓哉さんたちは成り行きに任せるようなことを言っていましたが、どうか、陽菜ちゃんを助けてあげてください。よろしくお願いします……。

合掌した手を解いて一礼。もう一度、本殿に向かってお願いしますと心の中で念ずる。大きく息を吐く。よし。

「静枝さん――」

送っていきますよと言おうとして、言葉を呑み込んだ。

きつく目を閉じて頭を垂れ、静枝さんが祈りを捧げていた。深く、真剣に、いつまでもいつまでも――。


静枝さんの車を運転して彼女を家まで送り、ひとりで帰る。慣れないバス路線に四苦八苦しながら『なるかみや』に戻ると、すっかり夕方になっていた。

まずい。昨日の時点では予約はなかったが、急な予約が入っていないともかぎらない。怒られるかも。

お茶屋へ急ぐ芸妓さんや舞妓さんとすれ違いながら、祇園の細い路地を急ぐ。町家の狭い路地がまるでこちらに倒れ込んでくるようだった。

『なるかみや』の店先が見えてきた。

その店先に、拓哉さんと弥彦さんが立っている。

何かあったのだろうか。まさかとは思うが、私が帰ってくるあいだに陽菜ちゃんの容体が……？

それなら、私のスマートフォンに連絡があるだろう。

スマートフォンに連絡を入れる暇がないくらいの急ぎのお客様だろうか。近づくと、明らかにふたりから不機嫌そうなオーラがびんびんに伝わってくる。やっぱりお客様なんだ。人手が足りなくて怒ってるんじゃないか。

でも、お客様で忙しいのだったら、それこそふたりでここで立ち話をしているのはおかしい。

それに、拓哉さんの芸術的な出汁の香りがまるでしない。これもおかしい。

「帰ってきたか」

「帰ってきたね」

拓哉さんと弥彦さんが言った。

いつもクールな拓哉さんはともかく、笑顔が基本の弥彦さんも険しい顔をしている。不謹慎かもしれないが、ふたりの顔が鏡に映したようにそっくりだなと妙な感心をしてしまった。

「ただいま、戻りました。……私、何かやっちゃいましたか」

思わず下から目線になってしまう。私のせいなら腹の底からの声で謝らなくては。

「自覚はあるのか」

拓哉さんの圧がすごい。

「いいえ……。おふたりが機嫌悪そうなので……」

弥彦さんがわざとらしくため息をついた。

「ま、そうだろうね。とにかく中に入ろうか」

店には案の定というか意外にもというか、お客さんはいない。

ぴしゃりと引き戸が閉じられた。

私、ほんとに何やらかしたのかしら――!?

テーブル席に三人で座る。拓哉さんが腕を組んだ。

弥彦さんが頭を押さえる仕草をしている。

「あ、あの――」

「咲衣さん」

と、弥彦さんが口を開いた。

「はい」

「八坂神社に行った?」

「あ、はい」

質問の趣旨が分からず、気の抜けた返事になってしまった。

「行ったのは分かっている。そして素戔嗚尊に祈った」

と、拓哉さんが確認する。

「ええ。陽菜ちゃんの意識が戻りますようにって。それが何か」

「そのときにさ、僕たちの名前、出したでしょ？」

「はあ」

質問の意味が分からなくて、思わず間抜けな声になってしまった。

ところが、名前を挙げられた神さま双子はそうはいかなかったようだ。

拓哉さんと弥彦さんがふたり同時にため息をつく。さすが双子だ。

「親父に言いつけるとか、反則だろ」

弥彦さんが頭を抱えていた。

「おまえは昔から父上が苦手だからな」

「あの、話がよく見えないんですけど。何があったのでしょうか……？」

とうとう弥彦さんがテーブルに崩れた。代わりに拓哉さんが説明する。

「祈りは必ず神さまに聞こえている。それに対してどのように対応するかは神さま次第だが、必ず答えはある」

「え、本当ですか」

京料理の実技試験、通りますようにって祈ったけどダメだったんですけど。

「答えはさまざまだ。願いがかなうだけの努力をしていた場合、ストレートに願いがかなうこともあるし、他人を介して答えが与えられる場合もある。あるいは逆にかなえないことがよい場合もある。単なる欲望、努力不足、あるいは人生の学びとしてどうしても挫折させる必要がある場合がそうだ」

「はあ……」

「いちばん簡単な基準はあくまでも本人の心の幸福になるかどうかだなのだが」

弥彦さんががばりと起きた。

「拓哉は話が長い！　要するに、咲衣さんがお参りした途端に、即行で素戔嗚尊がご来店したの！　問答無用で陽菜ちゃんを助けろって怒鳴りつけられたよ！　親父、すっげえ怖えんだからな!?」

「弥彦が口答えするからだ」

「そうやっていつも拓哉はいい格好する！」

どうやら弥彦さんはいい歳して（？）父親が怖いらしい。

ほんの思いつきで素戔嗚尊に祈ったけど、本当に父親に言いつけたことになっていたようだ。

そして、いまちらっと「陽菜ちゃんを助けろ」とかいうお父様の命令が聞こえた気がする。グッジョブ、私。

「あの、いま、陽菜ちゃんがどうとかって言ってましたよね？」

思わず笑みがこぼれた。

「父上も、最初は事の成り行きに任せるべきだと言っていたのだけど、弥彦が下手に口答えするから、お怒りになられた。そして、その子を救うようにと仰せだ」

「口答え？」

「人間なんて放っておけばいいと言ったのだ。それに父上がお怒りでな」

弥彦さんがそっぽを向いたまま不本意そうに言う。

「拓哉、おしゃべりはそのくらいで、そろそろやるよ」

「そうするか」

「何を始めるんですか」

弥彦さんが両手を合掌して目を閉じている。何かを念じているようだ。

「昨日も話した通り、陽菜ちゃん自身が自分の言葉の過ちを反省してくれるのがいちばんいい。だから説得するのだ」

「どうやって？」

それには答えず、拓哉さんは弥彦さんの後ろに立つと、両手で三角を作ってそこから鋭く四方に息を吹き付けるように吐いた。

突如として、しくしくと少女のすすり泣く声が聞こえてきた。

思わず全身に鳥肌が立った。

声は店の入り口からする。

「こっちへおいでよ」

と、弥彦さんが呼びかけた。

するとすすり泣く声が近づき、それと共に湯気のようなものが揺らめいた。

やがてそれは目の前の席にたまって人の形を取る。

半透明で向こうがうっすらとすけて見えるが、本人であることに間違いはなかった。

「ひ、陽菜ちゃん!?」

『咲衣さん……助けてください……』

慌てて手を伸ばす。

しかし、私の手は何の感触もなく陽菜ちゃんの半透明の身体をすり抜けて、空を切った。

思わず椅子からひっくり返りそうになり、すんでのところで踏みとどまる。

「現代の言葉で簡単に言えば幽体離脱。意識が戻らないということは、意識の大本になる魂が肉体から離れているということだからな」

私と陽菜ちゃんの魂が拓哉さんを見つめる。

魂とか霊とかさっぱり分からない。

けど、現に半透明の陽菜ちゃんがここにいることは確かなのだ。

「何で私にまで、陽菜ちゃんの〝魂〟が見えてるんですか」

合掌を解いた弥彦さんがすっかりいつもの調子に戻って説明する。

「僕らは神さまだからね。普通の人間が神さまとずっと一緒にいて、影響を受けないわけがない」

「この店にはずっと俺たちふたりがいる。人間の目から見ればここは現世《うつしよ》だが、俺たちを基準に考えれば神さまがいる場所としての常世《とこよ》。つまり、ここは現世と常世の交差する場所ということだ」

私の方はふたりの説明でそういうものかと頭で理解したが、陽菜ちゃんの方はまだ混乱しているようだった。

『私、一体どうしちゃったんですか？　体育倉庫で倒れて、自分の身体を見下ろしていて……。大変なことになったと思ったけど、誰に話しかけても返事してくれないし。お母さんまで私を無視するし……』

「魂って目に見えないし、耳で聞くこともできないからね」

と、弥彦さんが肩をすくめていた。

『私、もう一生このままなんですか』

「一生このままというか、もうすぐ一生が終わるというか」

弥彦がさんがひどいことを言った。

「また素戔嗚尊にお参りしますよ!?」
　私がそう言うと、弥彦さんがいやぁな顔をした。
「すごい脅し方があったものだな」
　と、拓哉さんがあきれたような声を出した。
「うるさいよ、拓哉。――陽菜ちゃん、でもこれでお店で話した〝希望〟がかなった
じゃない。『私がいなくなった方がお母さんにとっては幸せなんでしょうか』って。
その通りになったんだから、これはこれでありなんじゃないの?」
『そんな……私、まだ死にたくないです――』
　陽菜ちゃんの魂はずっと泣き叫んでいる。
「弥彦さん!」
「だってさ、肉体に魂が戻って意識が戻っても、リハビリが待ってるんでしょ? つ
らいよ、リハビリ」
『そんなにつらいんですか』
「それこそ、死んで楽になればよかったって思う人もいるくらいにね。現世の人間は
死ぬことが悪いことだと短絡的にとらえるけど、心正しく生きた人間にとっては死後
の世界は肉体的な苦しみから解放された幸せな世界なんだよ」
『それでも私は、もとの身体に戻りたいんです!』

それまで黙っていた拓哉さんが急に立ち上がった。調理場に入ると火を入れる。蒸し器を用意しながら、人参や牛蒡を細く切っていく。

その間ずっと陽菜ちゃんと弥彦さんの会話は続いた。

弥彦さん、まさかとは思うが陽菜ちゃんが死んでしまった方がよいと本気で考えているのだろうか。

だとしたら、本気で八坂神社の素戔嗚尊に言いつけに行ってやるんだから。

陽菜ちゃんと弥彦さんの話が果てしない平行線で、いい加減、ふたりとも同じことの繰り返しになってきた頃、拓哉さんの料理が来た。

それは茶碗蒸しと、残り根菜のきんぴら。

茶碗蒸しは以前、拓哉さんが言っていたように、京都では東京よりも卵少なめ。そのため、より一層ふわふわとろんとしたやさしい口当たりで、いかにも女の子が好きそうな一品だ。

残り根菜のきんぴらは、その名の通り、残り物の根菜で作るきんぴら。大根、人参、牛蒡、蓮根など、ちょっと余ってしまった根菜類を油で炒めて砂糖や醤油で甘辛のきんぴらに仕上げる。飾らない家庭料理の代表みたいで私も好き。静枝さんのところでは人参と牛蒡さえ入っていれば、あとはそのときどきの根菜を入れるそうで、今日は人参と牛蒡に大根を入れていた。

どちらも、静枝さんが陽菜ちゃんの好物だと教えてくれた料理。

その温かな香りに、陽菜ちゃんは激しく心を動かされているようだった。

『ああ、お母さん――』

いままでもずっと泣いていて、まだこんなにも涙があるのかと驚くほどに、顔中をくしゃくしゃにして陽菜ちゃんが泣いていた。

まるで、幼い子供が迷子になって泣きじゃくっているかのように、理由も理屈もなしに泣き声を上げていた。

「茶碗蒸しと残り根菜のきんぴらが好物だそうだな」

『はい。お母さんの作る茶碗蒸しはまるでプリンみたいに喉ごしがよくて大好きです。残り根菜のきんぴらは、私が幼稚園の頃に白いごはんがなぜか分からないけど食べられなくなって、そのときにこのきんぴらを入れて混ぜごはんみたいにしたらすごくおいしくて一週間ぶりにお米が食べられて。それ以来、残り根菜のきんぴらは我が家の定番なんです。でも――』

でも、肉体がないから、その料理を食べることもできない。

「陽菜ちゃん……」

『お母さんにもう一度会いたい。お母さんの手料理が食べたい。おしゃべりしたい。どうやったら私は自分の身体に戻れるんですか？　教えてください！　助けてください！　お願いします!!』

　とうとう土下座のような姿勢になった。

　お願いしますを繰り返す陽菜ちゃんがかわいそうで、私は拓哉さんに何とかしてあげられないのかと尋ねた。

　すると、拓哉さんは泣き崩れている陽菜ちゃんに対して静かに問うた。

「静枝さん――きみのお母さんはどんな気持ちで、この料理を作っていたのかな」

『えっ？』

　弥彦さんがきんぴらをつまみながら独り言のように話し始めた。

「大怪我をして魂が抜け出てから、静枝さんのことも見てたんでしょ？」

『はい』

「昨日今日は陽菜ちゃんのことが心配でまともに仕事すらできていない。それは分かるよね？」

『分かります』

「いつもなら、朝早く市場へ出て、商品を仕入れて、配達。お化粧なんて落ちっぱなしだよ。陽菜ちゃんはそんなお母さんの顔をどう思って見ていた？」

『…………』

　仕事で汗をかいてお化粧が落ちるけど、すっぴんはやめてと娘に文句を言われるのと静枝さん、苦笑いしていたっけ。そこにはお年頃になった娘の成長を喜ぶ気持ちと、最愛の娘に嫌われていないかと気にする気持ちがないまぜになっていた。

「お化粧だけじゃないよ。静枝さん、一年に一枚くらいしか自分の洋服買わないんだよ。全部きみの将来のためにって、きみ名義の口座に貯金してる」

『お母さんが……』

「着る物だけじゃないよ。食べることだってそうさ。京都はそこいら中においしいお店がある。配達の途中でいくらでも寄れる。それなのに静枝さん、自分はおいしいものなんてこれっぽっちも食べやしない。だから、たまに無理やり僕たちのお店でごはんを食べさせるのさ」

「それが、静枝さんが『なるかみや』でごはんをときどき食べるって言ってたことの真相なんですね」

弥彦さんがほろ苦い笑みで頷いた。それから陽菜ちゃんに向き直ると、厳しい目つきになった。

「改めて厳しいことを言わせてもらうと、きみは自分の怪我のことしか考えてないじゃないか」

『そんなこと……』

「リハビリは当人も大変だけど支える家族こそ大変なんだよ。時間的にも肉体的にも精神的にも、そして何より金銭的にもね。つまり、これからのリハビリの苦労はきみだけじゃなくて静枝さんも背負うんだ」

『…………』

「それでも自分の身体に戻りたい理由は何？　このますっぱり死んであの世に行ってもいいんじゃない？　あの世だっていいところだよ」

弥彦さんにやり込められて、陽菜ちゃんがうなだれている。

私自身にとっても耳が痛い話だった。

私だって、自分のやりたいことしか考えないで東京を飛び出してきたのだ。

そもそも、和食や京料理を目指したこと自体、実家の定食屋なんて格好良くない、ダサいみたいな気持ちがなかったと言えば嘘になる。

中学生くらいの頃はやたらと親に反発したくなったり、周囲の目が気になったりするものだ。

私も同じで、クラスの男子から実家の定食屋のことを冷やかされるたびに、何でこんな仕事をやっているのか、普通のサラリーマンの家でよかったのにと内心恨んだものだった。顔を見たことがある程度の男子でも、自分の家の定食屋に食べに来られると変に避けたかったものだ。

お客さんの吸ったタバコで茶色くなった壁は、いまでもちょっと苦手かも。

その実家の定食屋が繁盛していてくれたから、私は学校の勉強に専念していればよかったのだし、短大まで無事に卒業させてもらえたのに。

自分も働き出して仕事の大変さを知って、実家のありがたみがおぼろげながら分かってきたけど、知れば知るほど自分が恩知らずだったのが見えてくるから、そんな恩知らずな自分から目を背けて、適当に折り合いをつけようとしていた。

しかし、陽菜ちゃんは文字通り生きるか死ぬかの瀬戸際にあって、そんな恩知らずな心と否が応でも向き合わされている。

苦しいと思う。

でも、きっと、弥彦さんがあれだけ問い詰めるのだから、きっと何か理由があるのだろう。

弥彦さんがもう一回、残り根菜のきんぴらの牛蒡をつまんだ。

「それだけ言うならさ、明日一日、もう一度じっくりとお母さんの仕事ぶりを見てみたらいいよ。どうせここでしか人間には姿は見えないんだから。咲衣さん、運転手してあげてね」

「私ですか?」

「うん。僕たち神さまだから免許証持ってないし。静枝さんがひとりで運転するのはまだ危ないと思うんだよね。ね、拓哉」

拓哉さんが頷いている。料理の師匠がそう言うなら仕方がない。

こうして私は、陽菜ちゃんの魂を連れて静枝さんの運転手になったのだった。


翌日、私が運転手となって静枝さんの配送のお手伝いをすることになった。

出発は早朝の市場での仕入れからだった。

「すみません。咲衣さんに運転までしてもらって」

「こちらこそ。むしろご一緒できて勉強させていただけてうれしいです」

陽菜ちゃんの魂も一緒にいるはずなのだが、『なるかみや』から離れた私には姿も見えなければ声も聞こえない。弥彦さんが、「陽菜ちゃんの魂はちゃんとついていくから大丈夫」と太鼓判を押していた。それを信じるしかない。

陽菜ちゃん、ちゃんと一緒にいてね。

広い市場を早足で抜けて、野菜などを仕入れる。

市場はどこもそうだが、静枝さんのような業者が直接購入はできない。仲買と呼ばれる人々が農家から運ばれた野菜や果物、肉や魚を競り落とし、その仲買から業者は購入する。

その仲買が同じ場所に固まっているわけではないので、市場内を駆け回るのだ。

「咲衣さん、ついてこられますか？」

「だ、大丈夫です」

と、言ったものの、市場内は人も荷物も激しく動いている。その中でぶつからないで目的地に行くだけでも一苦労。たどり着いた仲買で、時に笑顔で、時に強く出ながら静枝さんは必要な品物を確保していく。

手に入れた品物は車に運ぶ。

何とか全部を仕入れ終えると、すぐに配送へ出発。休む間なんてない。

早朝から動き回った身体での運転は思いのほか眠気を誘う。私は眠気覚ましのガム
を三粒いっぺんに口に入れた。

配送先は祇園を中心にしているものの、広範囲だった。

それ以上に困ったのは道だ。

京都特有の碁盤の目状の道は歩くにはある程度の分かりやすさはあるが、車となる
と一方通行も多く、焦る。

「あ、咲衣さん、いまの道を右でした」

「ああ、ごめんなさい」

一本道を間違えると戻るのも大変。

これでは配送のお手伝いなのか足手まといになっているのか分からない。

泣きそうになりながら運転をする。

「あ、咲衣さん、ここはお店の表玄関です。納品は裏からじゃないと」

「ですよねー」

納品先の店舗が一軒ずつ独立して建っていればすぐに裏に回り込むことができる。しかし、『なるかみや』のように町家の中にあるお店だったりすると、一体どこから裏に回り込んだらいいのかも分かりにくい。それどころか車が入り込めない店も多い。車で入れても道は狭く、場所によっては傾斜がついていたりもした。

とにかく遅れてはいけない。そして、数量に不足があってはいけない。

「あ、咲衣さん、そこは行き止まり……」

「ごめんなさい！」

私は車を降りると荷物を持って走り出した。納品先に遅れてはいけない。私のせいで静枝さんがこれまで培ってきた仕事の信用を失ったりしたらたまらない。

昼前に納品しなければならないところをぎりぎりで終え、車の中でお昼を食べる。

「咲衣さん、少し車を走らせてください。鴨川沿いに眺めがいいところがあるんです」

「はい」

静枝さんが指定した場所は河原町通近くの鴨川の川岸で、京都御所にもほど近いところ。川風が気持ちよかった。

「いいところでしょ」

「ええ、気持ちいいですね」

「ここはね、陽菜の中学校も小さく見えるし、陽菜が行きたがっている高校も角度によっては少しだけ見える場所なのよ」

「そうなんですか――」

「こうやって眺めながら、陽菜はいま何してるのかなって、勉強は大丈夫か、お友達と仲良くやってるか、あれこれ考えてると、『よし、がんばろう』って逆にエネルギーをもらうの。あの子のおかげで私は生かされているようなものよね」

「………」

静枝さんが遠くを眺めていた。そちらに陽菜ちゃんの中学校があるのだろう。

こうして見ると、京都というのは本当に不思議な町だ。

普段いる祇園の辺りは、東京の人が〝京都〟と聞いて連想するものがすべて集まっている。丹塗りの神社、美しい舞妓さん、おいしい食べ物屋などなど。

祇園では主役は歴史だ。

ところが少し車を走らせると、そこに住んでいる人の日常の生活が主役として浮き彫りになってくる。当たり前だけど、そこでいまこの瞬間も人が生きているのだ。

だけど、どちらも、最終的には悠久の時の流れが押し流していく。

いまいる場所でも少し目を転じれば、古典の教科書のままの鴨川が流れ、神社仏閣が建ち並んでいる。その合間に人間がかすかに間借りをしてつかの間の人生を生きている不思議な感覚。人間の小ささと、連綿と続く人の世の不思議の両極端を味わわせてくれるのが京都だと思う。

お昼ごはんとして静枝さんが取り出したのは、ごま塩を振っただけのシンプルなおにぎりが二個だった。

「咲衣さんはどんな中学時代だったの？　きっとうちの子とは違っていい子だったんでしょうね」

「そんな……。陽菜ちゃんの方がきっといい子だと思いますよ」

「またまた」

陽菜ちゃんも聞いているんだよね？

「私の実家は、東京で定食屋をやってるんです。まあ、東京といっても二十三区外の西の方ですけど」

「へー。じゃあ、ご実家で料理の勉強したんだ？」

「それが、そうじゃないんですよね。ひとり娘だから、お酒が入ると両親からは〝跡を継げ〟みたいな話はしょっちゅう言われてたんですけど、かえってそれが嫌になっちゃって」

「なるほどねぇ」

「他の家と違って食べ物に困らなかったのは事実ですけど、そんなに高級なお店じゃないですから、上等な食べ物が余ってるわけでもなし」

霜降り肉？　大トロ？　何ですかそれ？

「ふふふ。そうね。安くておいしい定食屋に高い食材は必要ないものね」

「小さい頃は何でうちにそういう高級食材がないか分からなくて、貧乏な店なんだと勝手にしょげてました」

我ながらひどい子供だったと反省する。

「そういう定食屋の良さって大人にならないと分からないかもね」

「ええ。だから、修学旅行で食べた京都の和食のきれいさとおいしさに感動して、これしかないって感じで和食料理人を勝手に目指し始めたんですけど……。自分で仕事してみて、両親の大変さが分かりました」

「ああ……」

「実家の定食屋は基本的にカレンダー通りに営業しているんですけど、逆に言えば臨時休業は原則なし。体調が悪くても調理場に立ち続けなければいけない。しかも、一年中、同じ味を提供し続けなければいけないじゃないですか」

プロである以上、「今日はおいしかった」という料理ではいけない。「今日もおいしかった」でなければいけないのだ。毎日毎日、お金をいただける同じ味の料理を作り続けることの大変さはプロならではだと思う。

「たしかにそうね」

「定食屋は常連さんがついてくれないとダメなんです。うまい、きれい、早いって思ってもらえて、お店を信用してもらって、また来たいって思ってもらえること。サラリーマンとか現場の人とか、運送業の人とか。もうけようとして変なまねをしたらかえってお客さんはいなくなる。その信頼の積み重ねを裏切らないことの大変さがあって、初めて私は学校にも行かせてもらえたし、自分で好きな道を選ばせてもらえたんだって。本当、いまになってつくづく思います」

「じゃあ、将来は定食屋に戻るの？」

陽菜ちゃんが聞いているのだとしたら、ここではそうだと頷いておくべきだったかもしれないけど、正直な気持ちを答えた。

「いまはやっぱり、帰る気はないです。両親には悪いけど」

「――そっか」

「このまえも話しましたけど、私、『なるかみや』でもっと勉強したいんです。わがままと言われればそれまでなんだと思いますが、ここまで育ててもらったのはこの味に出合うためだったんだっていう味に出合ったんです。だから、拓哉さんの味を学ぶこと自体を、両親に育てていただいた恩返しにしたいんです」

「ふふ。咲衣さんはすごく真剣でひたむきで。ほんと、陽菜にも見習ってほしいわ」

苦笑いを浮かべる静枝さんに、私も苦笑いを返す。

「そんなに格好いいものではないですよ。いまここに辿り着くまでは、家の仕事は恥ずかしいと思ったし、友達なんて呼べなかったし」

「えー？　咲衣さんでもそんなときがあったの？」

「ありましたよ。おおありですよ。大人になっても勝手に都内の和食料理店に勤めるし、今度は京料理人を目指して京都に来て玉砕してるし……。でも、おかげさまで、両親への感謝もおぼろげながらできるようになってきたところです。人間、年を取らないと分からないこともあるんですね」

最後の言葉は陽菜ちゃんへ向けての言葉だった。

いまは分からないこと、いまは分からないお母さんの気持ち、でも、大人になったらきっと分かるときが来るから。

いま分からないなら、分からないという気持ちを大切に持っているだけでもいいから。

だから、お願い。

その気持ちを分かることができるようになる未来を、手放さないで——。

「咲衣さんがそんなふうに考えられるようになったのは、『なるかみや』さんでの修行のおかげもあるんじゃないの？」

「それは大きいかもですね。『なるかみや』の拓哉さんは信じがたい人ですよ。人じゃないんですけど。だって、お金まともにいただいていないのに、一品たりとも手を抜いていないんですから。それどころか、どんな高級店に行っても食べられないような味に出合えるんですよ？　本当、信じられないですよ」

「拓哉さんの料理って、咲衣さんから見てもそんなにすごいの？」

「すごいなんてもんじゃないですよ。東京にいたときに『なるかみや』の存在を知ってたら最初から、私、真っ先に拓哉さんのところに来ましたよ。財布なんて何個落としてでも絶対に拓哉さんのところに行く。それで、もし仮に私が拓哉さんと同じレベルの料理が作れるなら、もっとお店を大きくするとか支店を出すとか、絶対考えると思います」

「ふーん。『真っ先に拓哉さんのところに来ました』か……」

　静枝さんが妙ににやにやしているのに気づいて、自分がとんでもない発言をしていたことに気づいた。

「あ、いまのはその――」

「なるほど、なるほど。弥彦さんの方が今風でおばさんにはかっこよく見えるけど、咲衣さんはクールな黒髪イケメンがお好みなのね」

「静枝さんっ……」

「たしかに拓哉さんもかっこいいよね。何かこう、〝一筋に生きる〟っていう感じが咲衣さんには魅力的に見えるのかもね」

ひどい誤解であると抗議をしようとしたが、うーん、静枝さんが少し笑顔になってくれたから、よしとするか。

いや、でも、そう言われるとたしかに格好良くはあるんだよな……。

私は小さなタッパーを開けた。

「静枝さん、おかず、いかがですか。何かさっきの会話のせいでちょっと出しにくくなっちゃいましたけど、拓哉さんが作ってくれたんです」

中には、甘い香りのする自家製鮭の西京焼き、エンドウ豆の卵とじ、ブロッコリーのおひたしなどが入っていた。お弁当のおかずらしく小ぶりで、しかもすべて偶数ずつ。拓哉さんは最初から私が静枝さんと一緒に食べるのを見越していたみたい。

「あら、おいしそう。いいの？　愛しの師匠のでしょ？　咲衣さんの分は？」

「師匠ですが〝愛しの〟ではありません。それに、私の分はちゃんとありますから」

「そう？　それじゃあ――」

と、手を伸ばしかけた静枝さんの動きが止まる。

「どうしたんですか」

「うーん。やっぱり、私、いいわ」

「え、どうしてですか？」

「……陽菜があんなになってるのに、私だけおいしいもの食べるのは何だか気が引けてしまって」

「静枝さんは働いているんですから、しっかり食べないと」

「大丈夫よ。いつもこのおにぎり二個だけなんだから」

「それじゃ足りないでしょう」

「そんなことないわよ。陽菜の高校受験もあるし、節約節約。あ、咲衣さんも気をつけた方がいいわよ。三十五歳くらいになると、食べたらすぐ太るようになっちゃうから。ふふふ。おばさんのお節介だったわね」

そう言って静枝さんはおにぎりをかじった。

私はその話を聞きながら静枝さんの気持ちに打たれて泣きそうだった。

陽菜ちゃん、聞いてる？　聞こえてる？

あなたのお母さんはこんなにもあなたを心配しているんだよ？

お母さんにしっかり食べてほしいよね？　元気でいてほしいよね？

心の中で強く強く呼びかける。

当然、返事はない。

ただ、フロントガラスの上部につるしてある交通安全のお守りが、風もないのに一度揺れた。

私は思った。これはきっと、陽菜ちゃんの答えだ、と。

「静枝さん」

「何？」

と、おにぎりと水筒のお茶でお昼ごはんにしている静枝さんが振り返る。

「今日だけは食べてください」

「え？」

「静枝さんが食べてくれないと私、お弁当食べにくいです。それに、せっかく神さまが作ったおばんざいが傷んでしまいます。罰が当たってしまいます！」

勢いで押し切った。なぜなら、そうしないと涙が溢れそうだったからだ。

「でも……」

「でもも何もありません。食べてください。静枝さんがちゃんと食べてくれないと……陽菜ちゃんだって悲しいに決まってるじゃないですか」

最後の方は気持ちが高ぶって声が詰まってしまった。泣きそうになっていたのを静枝さんにばれてしまったかな……。

「わかりました。それじゃ、遠慮なくいただきます」

「はい、どうぞです」

タッパーを開けておかずをつつき出した静枝さんが、鼻を啜って私の名前を呼んだ。

「咲衣さん」

「はい」

「……ありがとう」

もう一度、交通安全のお守りが静かに揺れた。

お昼ごはんのあと、残っている数軒を回ると、すべての納品が終わった。

「何とか間に合いましたか」

「ええ。咲衣さんのおかげ。ありがとうございました」

「いいえ……」

静枝さんが微笑んだ。

「おかずもおいしかった。元気をもらったから、明日からはひとりで配送できますから大丈夫ですよ」

「そうですか」

配送は終わってもこれから事務所で納品書類の整理、明日の仕入れの確認と仲買さんへの問い合わせなど、事務的な仕事が山のように残っている。まだまだ休む暇はなかった。

しかし、静枝さんはそのあと、意識の戻らない陽菜ちゃんへのお見舞いへ向かったのだった。

相変わらず、ぴくりとも動かないで陽菜ちゃんは眠り続けている。静枝さんはその陽菜ちゃんの身体のそばに寄り添って、その手を撫でていた。せめてそうすることで元気になってほしいと祈りを込めて。

お見舞いを終えた静枝さんは、事務所に戻る前にもう一カ所寄り道した。八坂神社にお参りをして、陽菜ちゃんの目が覚めることを祈りたかったのだ。

お見舞いとお参りを終えて静枝さんを送り、『なるかみや』に戻るとすっかり日が落ちていた。

今日は昼間のうちにお客様が来られたようで、もうすでに店内は落ち着いている。

「お帰りなさい、咲衣さん」

と、弥彦さんが笑顔で出迎えてくれた。

「ただいま戻りました」

ちょうど間口の狭い入り口のところですれ違ったせいで、お互いの身体が近づく。

ふと、弥彦さんが小声でささやいた。

「咲衣さんは、面白い女性《ひと》だね」

「え？」

「人間の女性に興味はないけど、きみだけは特別かも？」

見たことのない笑顔の弥彦さん。私は思わず息を呑んだ。

「それって、どういう……」

弥彦さんは小首をかしげて笑っている。

「はは。咲衣さんは拓哉みたいなのがタイプなんだろうね。でも、きっと最終的に僕の方に来るんじゃないかな？」

「は？」

まだ木刀を買ってきていなかったことを急に思い出した。

こちらの動揺をどこまで知ってか、茶髪の神さまは再びいつもの快活な笑顔に戻って、店の奥へ身体を開いた。あれは何だったのだろう。

店に入ると私のすぐ横に、昨日と同じく薄ぼんやりした陽菜ちゃんの魂が出現した。

「陽菜ちゃん、今日一日、私と一緒にいたんだよね？」

『はい――』

「お帰りなさい、ふたりとも。さて、陽菜ちゃん、今日一日、お母さんを見ていてどう思ったかな？」

弥彦さんが尋ねると、早くも陽菜ちゃんが泣き出していた。

「陽菜ちゃん……」

『私、私……！』

陽菜ちゃんが何度か深呼吸している。魂に呼吸というものがあるのか分からないけど、そんな動きをしていた。そして、ついに言葉を吐き出した。

『私――自分のことしか考えていませんでした』

陽菜ちゃんが激しく身体を震わせ、しゃくり上げた。涙が溢れていた。弥彦さんと拓哉さんが黙って彼女を見つめている。

『お母さんの仕事も苦労もちっとも分かってなかったし、分かろうとしていませんでした』

弥彦さんが頭をかいた。

「自分と血がつながっていないんだから本当は〝娘〟じゃない、なんて思っていたら、そこまでの苦労、できると思う？」

『いいえ――』

陽菜ちゃんが大きな声を上げて泣き出した。さっきまでの涙とはまるで違う、心からの悔恨の涙だった。

「今日も病院で、病院の先生に陽菜ちゃんのことを助けてくださいって、静枝さんは泣きながら頼んでいたよね」

『見ていました』

「そのとき、お母さん、昨日も今日も言ってたじゃない。『血でも心臓でも私のなら何でもあげます。だから、私の娘を助けてください！』って。本当の親子じゃないと言えないよ」

泣き顔の陽菜ちゃんが大きく頷く。

『私、まだお母さんに、本当にありがとうって言えてない。それが言えないでこのまま死にたくないんです！』

陽菜ちゃんの本心からの叫びだった。弥彦さんが陽菜ちゃんの方を見る。拓哉さんが分かったというような顔つきで頷いて、口を開いた。

「古い言葉だが、『親思う心に勝る親心』だ」

「おーおー、お互い耳が痛いねえ」と弥彦さんがおどけていた。「とはいえ、肉体に戻って忘れちゃわないかなあ。喉元過ぎれば何とやらってね」

この期に及んで変な勘ぐりをしている弥彦さんに、私は気がついたら大きな声を上げていた。

「弥彦さん！」

「何だよ」

「もういいでしょ。親より先に子供が死ぬのが最大の親不孝なんだから、助けてあげてよ！」

でないと、いますぐ八坂神社に行って言いつけてきてやる。さっきのも含めて。

弥彦さんが肩をすくめた。

「やれやれ。人間の若い女の子にここまでやり込められるとはなぁ。こんなふうに論破されたら従うしかないよねぇ」

「弥彦、おまえの負けだ。もういいだろ。陽菜ちゃんだって十分反省したろう」

「そうだね」

「俺たちは肉体に宿れる範囲でしか、本来の神の力を発揮できない。だから、俺ひとりでは無理だ。おまえも力を貸せ」

拓哉さんが立ち上がって右の手のひらを突き出すようにした。

弥彦さんも立ち上がって拓哉さんに歩み寄り、拓哉さんの右手に自分の左手を重ねた。そのままふたりは目を閉じ、手を不思議な形に組んでいく。

――たかまのはらに　かむづまります　すめらがむつかむろぎ　かむろみのみこともちて……

双子の神さまの声が見事なハーモニーとなって店の中に溢れていく。何を言っているかは分からないけど、とても心が安らぐ。

ふたりの口から発された言葉のひとつひとつが光の玉となり、私たちの周りを回る。まるで無数の星々が私たちの周囲を巡っているみたいだった。言葉の銀河――そんなふうに思った。

言葉が、音が、その調べが、私たちを包む。

言葉の銀河の星々が、導かれるように陽菜ちゃんの魂へ吸い込まれていく。そのたびに薄ぼんやりしていた陽菜ちゃんの魂の輪郭がはっきりしていく。さらに魂の色も徐々に明るくなっていく。

やがて、陽菜ちゃんの魂全体が金色の光を放ち始めた。まるで、陽菜ちゃん自身が星のように輝いている。

光はどんどん強くなる。あまりの眩しさにとうとう目を閉じてしまった。

そのとき、何か大きな音がしたような気がした。

びっくりして目を開けると先程までのまばゆい光は消えていた。拓哉さんたちが互いの手を離して八坂神社の方に合掌して頭を下げる。

店の中は静かだった。

「あれ？　陽菜ちゃんは？」

あれだけ光を放っていた陽菜ちゃんの魂がまったく見当たらない。

弥彦さんが、ふう、と声に出して息をついて椅子にのけぞるように座り込み、「拓哉お兄様、甘い物ちょうだい。疲れた」と、拓哉さんに呼びかけた。

「まったく子供だな。アイスクリームでも持ってきてやるから待ってろ」

と、拓哉さんが箱階段で二階に上がろうとするのを、私は呼び止めた。

「あの、何があったんですか。それに、さっきの光は――」

拓哉さんが珍しくにっこり笑った。

その笑顔に思わずドキリとしてしまう。

「人間から見れば〝奇跡〟と呼ばれることを起こしただけだ」

――陽菜ちゃんが意識を回復したと、静枝さんがうれし泣きしながら電話をしてきたのはそれからほどなくしてのことだった。


それから数日後、陽菜ちゃんは退院した。

一時は生死の境を彷徨《さまよ》ったのが嘘のように奇跡的に快復した陽菜ちゃんは、骨折のリハビリもほとんど不要だという。医者は何が何だか分からないと首をひねっていたそうだ。

「奇跡をいただき、ありがとうございました」

何日かして静枝さんと陽菜ちゃんが『なるかみや』へやって来た。ふたりで手をしっかり握りしめ合いながら。互いをどれだけ大切に想い、愛し合っているかを全身で表しながら。その姿は実の親子以上の愛情で結ばれていた。

その姿に涙が止まらなかった。

けれども、静枝さんと陽菜ちゃんに、双子の神さまは言った。

「お礼なら咲衣に言うといい」

「それと、本当の奇跡は怪我が治ったことじゃない。静枝さんに陽菜ちゃんがいること、陽菜ちゃんに静枝さんがいること。東京から来たちょっと変わった女の子がいて、祇園という町があって……。本当は世界は奇跡に満ち満ちているんだよ」

今日は陽菜ちゃんの十五歳の誕生日。

みんな笑顔で、忘れられない素敵なお祝いの日になった。

そこに私も一緒にいることができて、私が作った残り根菜のきんぴらが卓上にあったことが、私にはかけがえのない奇跡に思えた。

第三話　先代の最中、お客様のためのぜいたく煮

陽菜ちゃんの誕生日から数日たった六月のある日だった。

その日の仕込みに入ろうとすると、拓哉さんが思い出したように私に封筒を渡した。

「これは――？」

「ああ、〝給料〟というものだ」

「え？　お給料ですか!?」

先月私が祇園で財布をなくして『なるかみや』にご厄介になるようになってから、まだ一カ月たっていない。

そもそもがおばんざい料理の修行を住み込みでさせてもらいながら、三食すべていただいている身だ。

お給料が出るといいなとは思っていたけど、確かめられないで今日に至っていた。

「まだ咲衣さんは働き出して一カ月たってないから、ちょっと少ないけど勘弁してね。あ、一応この場で金額数えてみて。ほら、僕ら神さまだから金銭感覚がずれてるといけないから」

と、拓哉さんの後ろから弥彦さんが顔を覗かせた。

「とんでもないです。ありがとうございます！」

初任給はうれしいものだ。背中を向けて封筒の中身を確かめる。

はっきり言って思ったより多かった。

早苗に借りているお金を返しても十分すぎる。

「ふむ。咲衣の顔を見る限り、少なすぎたということはなさそうだな」

と、拓哉さんが生真面目な顔をしていた。

「……こんなによろしいんですか」

「多すぎたんなら減らそうか？」

と、弥彦さんが手を伸ばしてきた。

「いいえ！　ありがたくいただくであります！」

封筒を慌てて引っ込める。

「ははは。拓哉と相談してさ、『なるかみや』への転職祝いで少し色をつけたんだ」

「たしか早苗さんとかいう友達に借りている金を返さなければいけないだろ」

「……やっぱりおふたりって神さまなんですね」

拝んでおこう。

拓哉さんが苦笑しながら仕込みのために手を洗う。

「ねえねえ、咲衣さん」

と、弥彦さんがいかにもいいことを思いついたという顔で話しかけてきた。なぜだろう。さっきのいまなのに、あまりいい予感はしない。

「何でしょうか」

「そんな警戒心ばりばりの顔しないでよ。実はさ、咲衣さんの作る和食が食べてみたいんだよ。このまえのきんぴらは拓哉のレシピだったし。ほら、拓哉も僕も、ずっとこの場所で仕事してるでしょ？　新しい味の研究として」

「お断りします」

拓哉さんからの課題として出されている玉子焼きで忙しいのだ。

この間の変なセリフの真意もさっぱり分からないし。もう一度同じようなアプローチでもあればリアクションできるのに、それもなし。一体どう考えたらいいのか、何だか腹立たしい。

「そんな流れるような断り方しないでさぁ。陽菜ちゃんのことも助けてあげたんだし、僕のお願いも聞いてくれてもいいじゃん。ねえ、拓哉」

拓哉さんは仕込みに移っていた。今日は信子さんのところの芸妓さんと舞妓さんが、お客様と一緒に食べに来ることになっていたからだ。しかし、弥彦さんが話しかけると作業の手をふと止めた。

「一理ある。陽菜ちゃんの誕生日の、根菜のきんぴらはよくできていた。今日は東京の店でよく作っていた物、東京で最近流行っている料理、食べさせてくれ」

師匠に言われてしまうと弱い。しかも、いまひっそりと私は褒められた。この店に来てそんなふうにきちんと評価されたのは初めてで、はっきり言って内心舞い上がっています。

「ね？　咲衣さん、せっかくお給料も払ったんだし」

と、弥彦さんがいい笑顔で付け加える。お給料を話に出されると反論しづらい。まさに飴と鞭。こういうのも、雇用関係によるパワハラになるのだろうか……。

「分かりました」

冷蔵庫を覗き、使って良さそうな食材を拓哉さんに教えてもらって考える。太刀魚とニシンのまかない分を少し分けてもらった。今日、静枝さんが納品してくれた野菜も少々使わせてもらう。

楽しい。

拓哉さんの下でもう一度、基礎からの修行をさせてもらうのも好きだけど、久しぶりに思い切り私の料理を作れるのは文句なしに楽しい。

やっぱり私は料理の世界から離れられないんだな。

「へー」と、珍しいモノを見るように弥彦さんが首を伸ばして見ていた。拓哉さんも自分の作業の手を止めて私の手元を見ていた。

「できました。椀物で焼なすの太刀魚巻、焼き物でニシンの照り焼きです」

テーブル席に弥彦さんが運ぶと、拓哉さんも調理場を出て席について箸を取った。

「おいしそうだね。いただきまーす」

「きれいにできている。いただきます」

うわぁ、緊張する。校長先生にテストを見られている心境。

「おいしいじゃん」

「悪くない」

椀物には拓哉さんの出汁を使わせてもらったのだ。しかも、おすまし用の出汁。かなり下駄は履かせてもらっている。どきどきする。

「こういうのが東京では流行ってるの？」

「去年私が勤めていた店で、六月に出していた献立です」

「おまえは椀物や焼き物をよく作ってたのか」

「両方とも、任されていました」

ふたりの質問に答えながら、東京にいた頃も自分なりによくがんばってきたんだなあとしみじみ思ってしまった。

「ごちそうさまでした」

と、ふたりが箸を置く。

懐石料理の店の献立だから、おばんざいの店で出すには少し目立ちすぎるかもしれない、焼き物は他の魚でも応用が利くのではないかなどと話し合っていた。

いろいろ参考になったとお礼を言ったあと、個別評価が始まった。

「料理の味付けなどは東京の店のものだよな？」

「はい。どうだったでしょうか」

拓哉さんが難しい顔で腕を組んだ、予想していたけど。

「味が独りよがり。全体的に塩辛いのは東京と京都の違いだとしても、素材の味を引き出せていないのはいかがなものか」

見えない矢が私の身体に何本も刺さった。

「普通においしいけど……それだけかな？」

弥彦さんがとどめを刺しに来た。

「いや、しかし、あれだ。おまえが最初に作った出汁よりは、味に深みが出ている」

珍しく拓哉さんがしどろもどろになっていた。

「……拓哉師匠のお出汁を使わせていただきましたから」

拗《す》ねて小石を蹴っているような思いで返事をすると、弥彦さんが苦笑した。

「拓哉はそういう意味で言ったんじゃないんだけどなぁ」

弥彦さんが食べ終わった食器を持ってきてくれたので受け取って洗う。すると拓哉さんが前掛けを外した。

どうしたのだろうと不思議に思っていると、拓哉さんがぶっきらぼうに言った。

「咲衣。久しぶりに最中が食いたくなったから付き合え」

『なるかみや』を出て、四条通へ抜け、八坂神社に背を向けて少し歩く。四条通から白川南通までのいわゆる切り通しのそばに、拓哉さんがひいきにしている和菓子屋『山城本舗』がある。

「あの、最中が食べたくなったからと引っ張ってこられたわけですけど、甘い物がお好きなんですか?」

「ああ。ひょっとして、咲衣は嫌いだったか」

「いいえ。大好きです」

生真面目一本の拓哉さんのような男の人が実は甘い物好きって、私的にはかわいいと思ってしまう。

あー、ダメダメ。〝師匠〟に何考えてるんだ、私は。

静枝さんが変なことを言ったものだから変に意識してしまう……。

「『山城本舗』は創業百年を超える老舗和菓子屋だが、それでも京都の中では日が浅い方だと言われてしまうこともある」

「京都の歴史ってやっぱり深いんですね」

「昔ながらの老舗の味を誠実に守っている。特に最中は看板のお菓子でな。半年前に亡くなった先代の山城郁夫さんなど、納得のできる餡が作れなかった日は店を開かないこともあったくらいだ」

「すごいですね」

ちょっとだけ拓哉さんの料理への姿勢に通じるものを感じた。

「ああ、すごい。人間の料理人の中で、俺が深く尊敬していた人物のひとりだった」

「神さまから尊敬される和菓子職人……」

そういう人のことをしゃべっているから、拓哉さんにしては饒舌なのだな。

「それに山城さんは、こちらからあれこれ言うまえに、俺たちの正体には気づいていたようだったしな」

それはつまり、ふたりが神さまであることを見抜いていたということだ。すごい人がいたものである。

「そんな立派な先代さんが亡くなって、いまはどうなっているんですか」

「先代の孫の山城和成さんが店を継いでいるそうだ。たしか今年二十七歳と言っていたかな」

二十七歳と言えば私より三歳年上なだけ。その若さで老舗和菓子屋を継ぐのは並大抵の苦労ではないだろう。

「先代のお子さんたちはお店を継がなかったんですか」

「ひとり息子夫婦、つまり和成さんのご両親がいたが、交通事故で先代より先に亡くなってしまった。ふたりで車に乗っていての事故だから夫婦いっぺんに死んでしまったそうだ。和成さんは先代が店で子守をしていたので無事だったのが不幸中の幸いだったが」

「それは先代もつらかったでしょうね」

「そうだろうな」

「でも、それほどの先代が店を継ぐことを許したくらいなら、そのお孫さんは和菓子作りの才能に恵まれているんでしょうね」

少しだけ、うらやましい。才能とかセンスとか。しかし、拓哉さんはあまりそういうことには関心はないようだった。

「いくら才能があっても努力しなければ花開かない。孫の和成さんだって、最初から『山城本舗』で働かせてもらえたわけではない。有名コンビニエンスストアのスイーツ部門の商品企画や現場をみっちり修行させられたそうだ」

「コンビニスイーツ！　ちょっと意外な感じですね」

「先代は老舗の味を守ると共に、時代と一緒に自分たちも変わっていくことの大事さをいつも俺にも言っていたものだ」

『山城本舗』まではもう少しある。私は思い切って拓哉さんに尋ねてみた。

「拓哉さんはどうして、おばんざいを作っているんですか？」

「ん？」

いつも通りクールなはずだが、心なしか怖い。

「あの、何と言うか、拓哉さんってお料理めちゃくちゃ上手じゃないですか。出汁とかすごいし、どのおばんざいもすっごくおいしいし。京懐石とか屋形船のお料理とか、ほかにも何でもできるんじゃないかと思ってて。それなのに、何でおばんざいなのかなと思ってですね……」

拓哉さんが立ち止まった。身長差からやや見下ろし気味の拓哉さんの目が怖い。馬鹿な発言をしていると思われているのではないか。

四条通のアーケードを自転車が通り過ぎた。路地から制服姿の学生が歩いてくる。

「おばんざいは、嫌いか？」

その声が、不思議なほど悲しげに聞こえてとても驚いた。

「いや、そんなことはないんです！　でも、同じく料理に携わる人間として、それだけの腕をお持ちの方が作るいろんな京料理とかも見てみたいんです」

これも、先日、静枝さんと話した通りだ。

有り体に言って、料理人としてもっと上を目指すことも可能だろうし、目指してほしい気持ちもある。私自身、拓哉さんが作る京懐石を食べてみたいという欲もある。

拓哉さんは立ち止まったまましばらく答えなかった。祇園の通りを見ながら、何かを考えているようだ。

信号がひとつ変わるくらい経ってから、こう言った。

「京都の和食はどれも素晴らしい。京懐石は美しいし、風情がある。屋形船に乗って酒と料理を楽しむのもいい。京都だけではない。日本中、和食は素晴らしいし、それ以外の料理もとてもうまい。俺が作ることも難しいことではない」

「じゃあ、どうして――」

「京懐石は毎日三食、食べるようなものではないから」

その答えがなぜか私の心を強く揺さぶった。

「それは、たしかに……」

「京懐石を掲げたら、来る客層が限られてしまうのも嫌だ。イタリアンやフレンチでも同じだ。おばんざいを掲げることで、京懐石を望む人は来ないかもしれない。でも、おばんざいなら男女の別なく、大人はもちろん場合によっては小学生や幼稚園児未満の子供でも食べに来られる」

祇園という町に根を下ろして、同じ空気を吸い、同じ水を飲んで生きるなら、おばんざいしかないだろうと拓哉さんは付け加える。

それ以外にない、という断定的な言い方に感じた。

先ほどの見下ろす視線は、私が馬鹿な発言をしたからではなかったのだと不意に気づく。多分あの視線は、自分にとってあまりにも自明なことを質問されたことでショックを受けていたのだ。

多分、この人は——というか、この神さまは、病気を治す代わりにおばんざいを作っている赤ひげ先生みたいな存在なのだ。

「……よく分かりました。教えていただき、ありがとうございました」

私が頭を下げると、拓哉さんが珍しく冗談を言った。

「それに京懐石の店では、きっと弥彦がお客様からもっとお金をいただけとせっつくだろうからな」

「ふふふ。そうですね」

素敵な考え方の素敵な神さまだった。私、やっぱり拓哉さんの下で働けて幸せだ。

『なるかみや』にずっといられるように、当座のお金を貸してくれた親友の早苗にも心からお礼を言いたい。

「さ、行くぞ。『山城本舗』はもうすぐだ」

「はい」

大股で歩き始めた拓哉さんに追いつこうと、私は少し早足になった。

『山城本舗』の店構えは四条通に面していないからあまり目立たないが、磨き込まれた木の柱がよいツヤを放ち、趣があった。むしろ、こぢんまりとしているくらいにも見えるのが、かえって老舗らしい。

麻の白い長のれんには屋号が堂々と書かれている。麻特有のごわごわした感じなのに、ずしりと重みを感じた。

滑りのよい引き戸を開けて中に入る。

最中、饅頭、練切り、羊羹などの和菓子が、ガラスケースに並べられていた。向かって右手奥にはテーブルと椅子があって、買った和菓子を店内で食べることもできるようだ。

店に入ると、いらっしゃいませと若い女性と中年の女性が頭を下げたが、ふたりとも拓哉さんだと分かると、相好を崩した。

「拓哉さん、いらっしゃい。お珍しい。べっぴんさん連れてはる」

「こいつの名前は鹿池咲衣だ。うちで働いている。べっぴんという名前ではない」

拓哉さんが冗談を言ったと思って、女性たちが笑っている。しかし、私には雰囲気で分かる。うちの師匠、本気で「べっぴん」が人名だと思っていたのだ。

「いま和成さん呼んできますね」

中年の女性が奥へ引っ込む。すると、職人らしい白衣姿に眼鏡の若い男性が出てきた。いかにも人が良さそうなやさしい笑顔をしていた。

「ようこそ、拓哉さん。また味見してくれるんですね」

「味見ではない。きちんと金は払う。いつもの最中を。俺とこいつの分も」

「は、初めまして。鹿池咲衣です。東京から来ました。『なるかみや』で料理を勉強させていただいています」

「初めまして。『山城本舗』の山城和成です。これを機に、どうぞご贔屓《ひいき》にと、商売人にしてはまるで邪気のない笑顔で挨拶したあと、ふと漏らした。「……拓哉さんにいろいろ教えてもらえるなんてうらやましいなあ」

「え？」

「私も東京の某大手コンビニの本社にいましたから、日本中のいろんな人と接する機会がありましたけど、こんな素晴らしい腕前の料理人には他でお目にかかったことはないですから」

もっと詳しく聞きたかったが、肝心の拓哉さんが遮ってきた。

「和成さん、店内の席で食べていってもいいか」

「どうぞ。お茶、淹れますよ」

最中を受け取った拓哉さんの耳が少し赤くなっていた。

椅子に座ると、拓哉さんが最中を紙袋から出してくれた。

四角い最中は見た目よりもずっしりしていた。あんこがたっぷり詰まっているのだろう。うれしい。包んである紙をゆっくり開けると、小麦色の最中の皮が出てくる。

「いただきます」

ぱりぱりの皮が唇に触れる。歯を立てるとほろりと崩れ、そのままあんこまで。重さに比べて餡は硬くなく、しっとりしていた。皮の香ばしさと餡の甘味が絶妙で、こんなにおいしい最中は初めてなのに、同時に昔子供の頃に食べた最中の味も思い出させてくれる。

初めてなのに懐かしいという感覚は、拓哉さんのおばんざいにも同じような印象を持ったことをふと思い出す。一流の腕とはそういうものなのかもしれない。さらに言えば、京都という土地の力みたいなものなのかもしれないと思った。

和成さんが少し濃いめの温かい煎茶を持ってきてくれた。これは店内で和菓子を食べるときのサービスだとか。

「いかがですか」

「ものすごくおいしいです。こんなおいしい最中は初めてです」

私が感動した気持ちをそのままに言うと、和成さんは眼鏡の奥の目がなくなってしまうような温和な笑顔になった。

「ありがとうございます」

しかし、拓哉さんは厳しかった。

「相変わらずうまい。……でも、そこまでだ」

思わず拓哉さんの顔をガン見してしまった。この人、よその店に来て、しかも京都の老舗和菓子屋さんの店内で看板のお菓子をいただきながら、何言ってんの!?

「ちょっと、拓哉さん!?」

私の料理に対してのコメントとほぼ同じ内容だった。

しかし、和成さんは軽く苦笑するばかりだ。

「相変わらず厳しいですね、拓哉さんは」

「あの、この人、ときどき妙なことを言うんですけど、何かその、すみません。本当においしいです」

「ありがとうございます。でも、いいんですよ。拓哉さんの言う通りなんですから」

その言葉で、この人もある意味、私と一緒で拓哉さんの弟子なんだなと思った。

「たまには『なるかみや』へ食べに来い」

「そうしたいのは山々なのですが、何ぶん、まだまだ先代の作っていた菓子を自分の物にする修行に必死で――」

和成さんはそう言ったが、この最中のおいしさからはもう十分なように思えた。和菓子は素人の私だが、ガラスケースに入った練切りの美しさはもう芸術品としか思えなかった。

お茶を啜った拓哉さんが改めて質問した。

「最近はどうだ？」

「私なりにがんばっていますが、まだまだです」

「和成さんは両親を早くに亡くしたせいもあって、先代にずいぶんかわいがられた。いわゆるおじいちゃん子だった。先代が亡くなったときもいちばん泣いていた」

と、拓哉さんが私に説明する。

「コンビニのスイーツ部門で商品企画をされていたんですよね」

そう質問すると、和成さんが若干恐縮した。

「もともと、先代の意向もあってコンビニスイーツの世界で修行させていただいていました。十年くらいはそちらで仕事をしてこいと言われていたのですが、先代が急に亡くなってしまって。歴史ある店ののれんを残したい一心で、無理を言って退職しました」

「そうだったんですか」

「コンビニスイーツでの経験を生かそうと、新商品も作ってみたんですけど……」

「あ、食べてみたいです」

思わず挙手すると、和成さんが奥に下がってお盆を持ってきた。少し色の濃い皮の最中や、青やピンクなどのずいぶんカラフルな練切りがいくつか載っている。

拓哉さんとそれぞれつまんでみた。洋菓子に使うクリームやバターを使っているみたいで、和菓子よりも一口ケーキをいただいたような満足感がある。

「悪くない。俺は好きだ」と拓哉さんが感想を言う。

「ありがとうございます」

「ほんと、おいしいです。これはもう商品になっているんですか？」

「あんこの真ん中にクリームを入れた最中とか、すでにいくつか売り出した物もあります。しかし――」

と、和成さんが声をひそめた。

「客足が伸びないんだな？」

拓哉さんの言葉は質問というより、確認だった。

「はい――」

「こんなにおいしいのに？」

拓哉さんがお茶を飲みながら述懐する。

「先代の頃はこの時間まで最中が売れ残っていることはなかった。朝方の『山城本舗』は戦場だったよな」

「そんなに……」

「拓哉さんのおっしゃる通りです。特に予約客の減りが……」

「ああ、それはつらいですね……」

　予約客がたくさんいれば店の経営が安定する。逆になれば経営が不安定になる。和食と和菓子で商品は違うが、店の経営としては同じだろうから、和成さんの心労は想像できた。

　しかし、私はあくまでも従業員だが和成さんは経営者。そのうえ、ここは私の実家のような小さな定食屋ではなく、京都の老舗和菓子屋である。その孤独感は私の想像よりも深くて重いだろう。拓哉さんは同じような立場だから、何かアドバイスしてあげればいいと思うのだけど、多分いまいち言葉が足りないだろうし。現にいまも何かを考え込んでいる顔をしていて黙っているし。

「コンビニ時代のつてを生かして、面白い材料を分けてもらったり、メーカーさんに挨拶に行ったりするんですけど、そうするとどうしても原価が上がってしまうし」

「難しいところですね」

「こういうご時世ですから、和菓子がきついのは最初から分かっていましたけど。返す返すも、先代がもう少し生きていてくれたら、和菓子作りだけではなく商売のコツのようなものも教えてもらえたのにと思ってしまいます」

「そういうのってありますよね」

「ええ。だから、私は、生きている人から教えてもらえている鹿池さんがとてもうらやましいんです」

「そうでしたか。たしかに私、拓哉さん本人を目の前にして言うのもおかしいかもですけど、恵まれた環境なんだなと日々実感してます」

「素晴らしいことです。いやぁ、それにしても、小さい頃に見た祖父の厳しい後ろ姿にも、子供の頃に食べた祖父の最中の感動にも、まだまだ私は追いつけていないんです。──いや、失礼しました。お客様に弱音を吐いてしまいました。先代が生きていたら叱られてしまいます。ははは」

京都の老舗和菓子屋の若旦那である和成さんが、急に身近な存在に感じられた。

「おかわり、あるぞ」と言ってくれた祖父の顔がまた思い出される。祖父の作っていた味に私は追いついているのだろうかと問われて、素直にはいと言える自信はなかった。同じ気持ちなのかもしれない。

「そうだ、和成さん、こちらのお店のお休みっていつですか。って、すみません、いきなり下の名前でお呼びして」

拓哉さんがずっとそう言っていたからうつってしまった。名字だけでは先代の話題をしているかどうか分からなくなっちゃうし。

「いや、どうぞお気になさらず。パートさんからも下の名前で呼ばれていますから。休みなら、明日火曜日が定休日です」

「そしたら、明日は新商品の開発じゃなくて、市場調査に行きませんか?」

「市場調査、ですか」

「市場調査なんて格好良く言ってますけど、要は同業他社のおいしいお店の食べ歩きです。へへ。拓哉さんも甘い物は好きだし」

「ふむ。それなら行ってもいいか」

「え? それこそ、『なるかみや』の方は大丈夫なんですか」

「明日は夜の予約だけなので、昼間なら問題ありません」

こうして翌日、私たちは京都市内のおいしいお菓子を食べ歩くことにした。

『山城本舗』を出て『なるかみや』に戻る道すがら、私は拓哉さんに、『山城本舗』の先代である山城郁夫さんの最中はどんな味だったのかを聞いていた。

すると、拓哉さんはこう答えた。

「おいしいだけではなく、温かくて涙が出るような最中だった」

答えた拓哉さんはしばらく黙って白い雲を見つめていた。


思えば、京都に来てから怒濤の日々だった。

転職に失敗して財布を落とし、『なるかみや』で住み込み修行。

お金も時間もないものだからどこにも行けず、観光も当然なし。

親友の早苗からお金を借りて京都にいさせてもらっている身としては質素倹約を旨としていたわけだけど、やっとお給料ももらえたのだ。

少しくらい贅沢をしても罰は当たらないだろう。

もちろん、早苗に借りたお金を返す連絡はしてある。近々会う予定。

そんなわけで、今日の和菓子の市場調査は私としても大変うれしいものだった。

移動には和成さんが車を出してくれたので、あちこち回れた。

食べ歩きなのだから神社仏閣にはほとんどお参りしない。唯一お参りしたのは京都大学のそばの吉田神社にある菓祖神社。果物の祖とされる橘を日本に持ち帰ったとされる田道間守命《たじまもりのみこと》と、日本で初めて饅頭を作ったとされる林浄因命《はやしじょういんのみこと》の二柱を菓子の祖神として祭っていた。林浄因命は「りんじょういんのみこと」と読むことが多いけど、ここでは「はやしじょういんのみこと」と書かれていた。

神さまである拓哉さんが他の神さまの神社にお参りするのはありなのかと気になって結構チラチラ見てしまったが、普通に二礼二拍手一礼のお参りをしていた。何か釈然としない。

「どうした、咲衣」

「いえ。拓哉さんが他の神さまにお参りするのってどういうことなのかと気になってしまって」

「神さま同士というのは基本的に仲がいい。お互いの得意分野で人々の幸せを願っていることは理解し合っている。だからよく話し合って意見の調整をしたりする。どの神を信じているかで争うのは地上の人間の理解の狭さだ」

「そうなんですか……」

「まあ、中には気性の荒い神さまもいて、どうしても意見が合わないときには軽く戦争でもしてみるかという神さまも、いることはいる」

「十分激しいです」

それにしても、先ほどの拓哉さんの祈る姿——美しかった。思い出すとちょっと顔が熱くなった。

この辺りは祇園と同じ京都でも、表情がずいぶん違う。

京都大学という存在も大きいだろうし、近くに清水寺や銀閣寺といった場所があるからだろうが、やはり舞妓さんや芸妓さんがいないのが大きい。和服姿の人にほとんど出会わない。そのせいか、ここでは自分は旅人なんだなという気持ちが強くなる。

個人的には祇園にいると自分の存在全部が京都に染まっていくようだったのだが、それは他の場所では味わえない感覚だった。

「他の神さまといえば、今日は祇園から北に来てしまったが、実は祇園の南、伏見の方で俺の妹が旅館をやっている」

「え!?　本当ですか!?」

「妹というか姉というか、まあ、俺たちに年齢はあってなきがごとしだからどっちでもいいのだけどな。俺たちは八坂神社が中心磁場だが、妹は妹のことを祀った神社がある伏見を中心に力を持っていてな。『なるかみや』と同じで、人生転換のための場としての旅館を丁寧にやっているよ」

「はあ……」

おばんざい処に続いて旅館まで？　神さまって意外に多角経営？　どうしよう、こういうときってやっぱりご挨拶に行っといた方がいいのかしら。って私は何を動揺しているの？

「まあ、伏見には、昔、豊臣秀吉の大茶会の引出物に使われた紅羊羹があるから、和成さんが行きたがったら伏見に行ってもいいが、旅館には今日は特に顔を出さなくてもいいだろう。今日はあくまでも和菓子研究だ。向こうも新しい人を雇ったとかで忙しいらしいし。行けば確実に弥彦のことをあれこれ聞かれて、妹が直々に説教にやってくる事態になるだろうから」

「あははは――」

弥彦さんってそんなに怒られるようなことばかりやっているのだろうか。そんなに悪いふうには見えないのだけど。

それにしても、京都の和菓子はレベルが高い。

和成さんの店で出していそうな和菓子の店を中心に回ったが、どれもこれもおいしい。最中も練切りもお団子も、東京の和菓子だっておいしいのだけど、何か違う。これが京都千年の歴史なのかしら。

なお、結局、伏見の秀吉献上の羊羹も食べにいった。

「ふむ。どの店もうまい」

「たしかにおいしいですね」

「渋いお茶が欲しくなる」

拓哉さんが遠い目をしている。ご満悦の様子だ。

私服姿の今日の和成さんは、爽やか好青年の眼鏡男子だ。仕事の時の白衣姿と比べるとずいぶん若く見える。大学生みたいだった。

おいしそうな和菓子を買って、近くに座るところがあればそこで食べ、なければこっそりと通りの陰で立ち食い。行儀悪いからよい子は真似してはいけません。

ちなみに、いまは下鴨神社発祥というみたらし団子を手早くいただいたところ。みたらしの餡が既製品とはまるで違って香り高い。

「京都の和菓子、素晴らしいでしょ?」

と、和成さんが自慢げに笑った。

「ええ。高校時代に茶道部だったし、昔から気にはなってたんです。みたらし団子、金平糖、阿闍梨餅、豆餅、焼き餅。でも、結局、無難な八ツ橋をお土産で買ってって。もっと挑戦すれば良かったです」

「ははは。そう言っていただけると京都の和菓子職人の端くれとしてうれしいですよ。コンビニスイーツを開発しながら、うちの店の新しい商品に生かせないかとアイデアを練っていましたけど、私はね、逆に京都の素晴らしい甘味をコンビニ展開したいという夢も持っていたんですよ」

「素敵な夢ですね」

こんなおいしいものを食べたら広めたくなるよね。

「でも、これが難しいんですよ。コンビニだとどうしても日持ちさせないといけないから添加物が必要になる。添加物が入るとそれだけでどうしても和菓子の味が変わるんですよ」

「ああ、やっぱり」

添加物は便利だし、それ自体が悪いわけではないけど、今日食べていたような繊細な味には邪魔になるだろう。

「それに、流通量が違いすぎる。日本中の店舗に陳列するための原材料を確保しなければならないのですが、ものによっては絶対量自体が希少な食材もあります」

「なるほどですね」

「小豆だって、銘柄だけじゃなくて農家さんと契約した特別な畑のものだけを使用している店もあります。そういう材料は全国展開できる量を確保できない。仮に何とか折り合いをつけて条件をクリアできたとしても、コンビニというのは結構非情な世界で、売上が伸び悩むとすぐに販売中止になってしまいます」

「厳しい世界なんですね。知りませんでした」

「そういう条件となると、さすがにやりましょうと言ってくださるお店は……。デパートの期間限定物産展ならまだ引き受けてもらえても、コンビニスイーツだとどうしても――」

和成さんが、本当にこの仕事に誇りと情熱を持っていることがひしひしと伝わってくる。

分野は違うけど、情熱を持っている人は輝いている。

私もがんばろうという気になれて、それだけでも今日、私も一緒に来てよかったと思った。

いろいろな店を回り、丸太町で一軒の和菓子屋に入ったときのことだった。

その店で最中と饅頭、おはぎと麩まんじゅうを買っていると、店の奥から白衣姿の旦那さんが出てきた。

「おや、誰やろと思たら『山城本舗』の若旦那やないか。どないしましてん」

「ああ、いつもお世話になっています。今日は勉強させていただきに来ました」

何もそんなに生真面目に答えなくてもいいのにと、思わず目を丸くしてしまった。

東京から来た見習い料理人の女に京都の和菓子の素晴らしさを教えているんだって私をうまく話の種にすればいいのだ。

多分、そんな機転の利かないところが、和成さんの人柄の良さと表裏なのだろうけど。

案の定、あちらの旦那さんが唇を歪めた。

「それはおおきに。だけど、『山城本舗』さんやったら、うちなんかから勉強しはることなんてあらしまへんやろ」

「そんなことは。私はまだまだ若輩者ですから」

和成さんが丁寧に頭を下げると、向こうの旦那さんが首を傾げた。

「先代の旦那はこないなことしまへんでしたえ？」

その言葉に和成さんははっとした顔になった。真っ赤な顔になると失礼しましたと言い残して店から飛び出す。

「和成さん!?」

私は慌ててあとを追った。

和成さんは店から見えない小道に入ると、振り返った。

「鹿池さん、恥ずかしいところをお見せしてしまいました」

「いえ……。私が市場調査だなんて食べ歩きに付き合わせてしまったせいで、ごめんなさい」

首を横に振って和成さんは笑っていたが、しばらくすると天を仰いだ。

「やっぱり私には才能がないのかもしれません」

「和成さん……」

「コンビニっていう大きな看板があったから材料も集まったし、商品を作ってくれるメーカーさんがいただけで。自分は和菓子を作るセンスがあるように誤解していただけなのかもしれません」

その気持ち、よく分かる。

私だって和食を作っているけど、自分ひとりでは材料を揃えるだけでも一苦労だ。スーパーで手に入るものならいいけど、それこそ東京の店で使っていたような高級な食材は安く仕入れさせてはもらえないだろう。

「そんなことないです。和成さんが作った最中、本当においしかったです」

と、私が励ましていると、先ほどの店の紙袋を持った拓哉さんが合流した。

「せっかく金を払ったんだ。置いて帰るのはもったいない。食べよう」

この辺、やはり拓哉さんと弥彦さんは双子なんだなと思う。

和成さんは拓哉さんにもさっきの店でのやりとりについて謝っている。この人はこの人で律儀すぎる。

律儀すぎる眼鏡姿の和菓子男子に対して、自由なおばんざいの神さまは言い放った。

「その通りだろう」

「……拓哉さん、何でそう和成さんに追い打ちをかけるような言い方をするのかな」

さっき拓哉さんのお参り姿をちょっとかっこいいと思った自分を殴りたい。

しかし、拓哉さんはそんな私の反応を不思議そうに一瞥して続けた。

「ただし、半分だけだ。残り半分は間違っている」

その理由を教えたいから、明日の夜は必ず『なるかみや』に食事をしに来るようにと和成さんに告げた。

『なるかみや』は人生の岐路に立って悩む人、これまでの人生を振り返ってため息をついている人に寄り添って希望を示す場所だから、と。

翌日の夜、仕事を終えた和成さんが『なるかみや』にやって来た。

「いらっしゃい。ようこそ」と拓哉さんがいつもの表情で出迎える。

和成さんは、「昨日はありがとうございました」と、緊張気味にしている。

おしぼりとお冷やを弥彦さんが用意する。

「いらっしゃいませ。昨日は拓哉が甘い物をたくさん食べられてうれしかったたって喜んでたよ」

思わず盛り付けの手を止めて拓哉さんを見てしまう。

私がいるところではそんな話はしていなかったのだが、ふたりだけのときにはそんな話をしているのか。和成さんも同じようなことを考えていたようで、笑いをこらえたような複雑な表情をしている。

目が合うと和成さんと私は互いに少し吹き出した。

「弥彦。関係ないことは話さない」

「へいへい。けどさ、拓哉をこんなに喜ばせるなんて、ほんと、咲衣さんは面白い女性だよね」

弥彦さんが流し目で私をチラリと見た。なぜか私は恥ずかしくなって目線をそらしてしまったのだけど。

拓哉さんが今日の献立として用意したのは、大根と厚揚げの炊いたん、高野豆腐と野菜の卵とじ、ぜいたく煮など、おばんざいのなかでも定番ものばかりだった。

「とてもおいしいです」

と、和成さんがゆっくりと一口ひとくちかみしめるように食事をしている。

「そうか。店だと忙しくてなかなか落ち着いて食事も取れないんじゃないのか」

拓哉さんに言われて、和成さんが頭を掻いた。

「ええ。夜はひとりなので簡単にすませることも多いですし」

「一日働いたご褒美なんだから、しっかり食べないとね」

と、弥彦さんがお冷やのおかわりを注いでいた。

「ありがとうございます。この『ぜいたく煮』って私、好きなんですよ。名前からはどんな大ごちそうなのかと思わせるけど、実物は質素なたくあんの煮物だという」

拓哉さんが手を休めて答える。

「使っている材料はたくあんと煮干しと調味料だけ。調味料だって、出汁や醤油、酒、砂糖など、ごくありきたりの物ばかりだ。しかし、そのまま調理できる大根を、わざわざ手間暇かけてたくあんにして、さらにそこからもう一度、塩出しして別の調味料で煮含めることが何てぜいたくなことか、ということでぜいたく煮とか大名煮とか呼ばれているな」

「面白いですよね。手間暇をぜいたくにかけた分、普通の大根の煮物とはまったく違う食感と風味が生まれる」

「これを〝おこうこの炊いたん〟と呼ぶこともできるが、俺はぜいたく煮の方が遊び心があって楽しいと思う」

拓哉さんがこんなにお客様と話しているのを初めて見た。ひとりで利用されるお客様が少ないせいもあるけど、お互い食に携わる者同士の仲間意識みたいなものがあるようだった。

ふっくらとつやつやしたごはんに、出汁のきいたお味噌汁に和成さんの目尻が下がりっぱなし。和成さんはどちらもおかわりしていた。

しかし、問題はなぜ今日、この献立を選び、和成さんをもてなしたかだった。

昨日、丸太町で立ち寄った和菓子屋を出て、和成さんが自分には才能がないのではないかと苦しい胸の内を吐露した。

そのことに対して、半分はそうだろうが半分は間違っていると言った拓哉さんの答えの説明には、どのようにつながってくるのだろうか。

食事が終わって、温かいほうじ茶を飲みながら、和成さんなりの答えを出してきた。

「今日の献立、どれもおいしかったです。おばんざいの枠を超えた高級料理も、昔ながらのおばんざいに何かを付け加えてアレンジしたものもない。拓哉さんのような人でもそうなのですから、拓哉さんほどの才能がない私ならなおさら、伝統の味を守り続けろというメッセージだったのでしょうか」

和成さんの答えに、拓哉さんは腕を組んで首を軽く傾げた。

「それも半分しか合っていない。もう少し考えよう。あんた、実はせっかちだろ?」

和成さんが目を逸らした。図星のようだ。

「考えるって意外と難しいんだよ。スマホなんか使ってあれこれ検索していれば、何か頭がよくなったような気がするし。最近の人間は考えることがそもそもできなくなっているかもね」

と、弥彦さんが自分でもスマートフォンをいじりながらそんなことを言っている。相変わらず人間全般に対して辛辣だ。

「で、そのスマホは何と答えている？」

「うーん、三日後くらいがいいんじゃないかな」

双子にしか分からない会話をして、拓哉さんが言った。

「次は三日後。今日と同じくらいの時間に食事をしに来い」

「え？　三日後にもう一度ですか？」

驚く和成さんの肩に手を置きながら弥彦さんが付け加える。

「今日のお代はそのときでいいよ。金額は、そうだね、今夜と三日後の食事を合わせて三千円ということで」

いつも疑問に思うのだが、『なるかみや』で出されている料理を他で食べたら、絶対にもっと高いはず。

何しろ、陽菜ちゃんがひとりで食べに来たときには五百円だったし。

神さまがやっている店だからいくらでもいいのかもしれないけど、そのくせ、静枝さんが納品してくれる食材の支払いが足りなかったことはない。結構、高級な乾物類もあるのに。やはり、弥彦さんが男衆の仕事で現金収入を確保しているのだろうか。

疑問と言えば、三日後にもう一度食べに来いと言われた和成さんこそ疑問だったろう。しかし、その疑問を上塗りするような宿題を拓哉さんは付け加えた。

「三日後に食べに来るときには、先代が書き残したものを、レシピだろうが何だろうが全部持ってくること」

拓哉さんの発言の意味が知りたいという表情で和成さんが私の方を見てくる。しかし、この双子の真意は私にも測りかねるのだった。

三日後の夜、同じ時間に和成さんがやって来た。

「こんばんは……」

恐る恐るといった感じで和成さんが顔を覗かせる。

「いらっしゃいませ。どうぞ」

私が声をかけると、和成さんがほっとした顔になった。

「三日後にもう一度って、何かの聞き間違いじゃなかったんですね」

「ふふ。はい。お待ちしていました」

和成さんが傘を閉じて店内に入ってくる。一時間くらい前から雨が降っていた。さらに今日は大きめのトートバッグを持っている。あれがきっと、拓哉さんからの宿題である先代の書いたものなのだろう。

弥彦さんが席を外していたので、私がお冷やとおしぼりを出す。

「六月半ばにしては、今日は急に気温が上がりましたね」

と、カウンターに座った和成さんがハンカチで額を拭った。

「ええ。日が暮れてから雨になって湿気もありますね。結構、降ってますか」

「割と雨足が強くなってきましたね。あ、拓哉さん、先代が書いたもの、レシピも含めて目についた限りすべて持ってきました」

そう言って持ってきたトートバッグを掲げると、拓哉さんが調理場から出てきた。

「これがそうか。少し貸してくれ」

和成さんが許可すると、拓哉さんがバッグを持って調理場の隅に下がり、真剣な表情で中身を確かめていた。アドバイスしてやる代わりに『山城本舗』のレシピを見ようとしているのかとも思ったが、その考えはすぐに捨てた。『なるかみや』はあくまでもおばんざい処だ。いまから和菓子屋に宗旨《しゅうし》替えする理由が思い浮かばない。それに、拓哉さんは手書きのレシピにはほとんど目もくれずにいたのだ。拓哉さんが真剣に見ていたのは、角が折れたりすれたりしてぼろぼろになったメモ帳が主だった。

「──やはりそうだったか」

と、独り言を呟いている。

「何がそうだったんですか」

「ああ、もう少ししたら説明する。それよりも、料理の盛り付け、任せるぞ」

二階から弥彦さんが降りてきたので、接客を任せて私は調理場に回った。

弥彦さんの料理を盛り付けて弥彦さんに渡すのだが……。

「あの、拓哉さん。これ、本当にいいんですよね」

「ああ、構わない。事前に話した通りにやってくれ」

と、相変わらずメモ帳を見ながら、拓哉さんが答えた。

少し不安に思って拓哉さんに尋ねたのには理由があった。だが、拓哉さんがこれでいいと言うのだから、これで行くしかない。

「弥彦さん、お願いします」

「あいよ」

と、弥彦さんがこちらも私の不安などお構いなしで、にこやかに料理を運んでいく。

並べられた料理を見て、和成さんが目を丸くした。

「これ──」

和成さんが驚くのも無理はない。

今日の献立は、大根と厚揚げの炊いたん、高野豆腐と野菜の卵とじ、ぜいたく煮など。三日前に和成さんが食べたものとまったく同じ料理だったからだ。

「ん？　何かありました？」

と、弥彦さんがにこにことしている。

「いや……。『なるかみや』さんは、一日一組限定でお品書きもなし。その日その日で料理の内容を考えて、一期一会のおもてなしをするのが自慢で、だから何回来ても同じ料理を食べることはまずないって、拓哉さんから聞いていたもので」

「そうだよ。合ってる」

と弥彦さんが笑っている。

例によって和成さんが私に視線を飛ばす。眼鏡の奥の目が、どこか不安げだ。「拓哉さんほどの才能がない私ならなおさら、伝統の味を守り続けろ」と自分で言ったことがやはり正解なのではないかと心が揺れているのだろう。

私にだって、双子の神さまが何を考えているのかは分からないのだけど、答えられることだけ答えておく。

「盛り付けは私がしましたが、味付けはいつも通り拓哉さんがしてますから、どうぞお召し上がりください」

弥彦さんが一礼すると、和成さんの前に並べられたおばんざいたちがきらりと輝いた。またあの不思議な光だ。

その光を見た途端に、私の心は不思議と落ち着いた。

大丈夫。

今日のおばんざいに〝答え〟がある。

和成さんが箸を取った。硬い表情で一口、二口と食べ進める。

ふと、その顔に疑問のようなものが浮かんだ。

「――これ、三日前に食べた料理と味が微妙に違いますよね？」

その言葉に私の方が驚いてしまった。

嘘でしょ。

私は拓哉さんが調理している間、一緒にいた。

材料、皮のむき方、切り方など、何もかも三日前と同じ調理法だった。

そう、調理法は一緒だった。

三日前と今日で、拓哉さんの指示が違っていたところはひとつだけ。

今日は三日前より気持ち少なめに盛り付けろ、ということだった。

盛り付けの微妙な違いで味に変化が出るだろうか。

同じ鍋で作ったとしたら、大皿に盛り付けた料理と取り分けた料理は同じ味になるだろう。違いがあるとすれば温度の違いくらいだ。

だが、いま和成さんは、味が微妙に違うと言ったのだ。

拓哉さんは静かに聞き返した。

「具体的にどこが違った？」

「違っているかもしれませんが、今日の料理は、三日前の料理と比べて塩味が少しだけ強い？」

「正解だ」

と、拓哉さんがあっさり認めた。和成さんがほっとした顔になる。

私は慌てて鍋に残っている料理を次々につまんだ。

「……本当だ。少ししょっぱい」

大根と厚揚げの炊いたんも、高野豆腐と野菜の卵とじもぜいたく煮も、三日前と比べてかすかに塩からい。

ごくごく少量、それこそ塩ひとつまみ程度の味の違い。

いちばんそばで拓哉さんの調理を見ていたのに気づかなかった。

信じられない。

和成さんはこれに気づいたというの？　どれだけ繊細な味覚を持っているの？　これのどこが才能がないというのよ――？

泣きたくなってくる。まるで、自分の真横で鮮やかな手品を披露され、トリックを見抜けなかった手品師のような惨めな気分だった。

すごいなあ。改めて拓哉さんと自分の差を思い知った。ちょっと、いやかなりへこむけど、心の奥ではますます尊敬しちゃう。ああ、でも、視界がちょっとぼやけてるから、いまはやっぱり悔しい気持ちの方が少し強いかも。

しかし、これで答えがすべて出そろった訳ではなかったみたい。

「正解とは言ったが、またしても半分だけだ。残り半分にも答えてもらおう。――なぜ俺は今日、この味付けにした？」

「え？」

和成さんの顔に再び疑問符が浮かんだ。私も、にじんだ涙がふと止まる。

「三日前と今日とで何が違う？」

拓哉さんがもう一度尋ねた。和成さんがじっと考えながら、額をぬぐう。

その仕草を見たときに、「あっ」と思わず声が出た。

今度は私が正解に辿り着いたかも知れない。

しかし、和成さんが辿り着くまで黙っていなくては――。

しばらくして、和成さんがもう一度額をぬぐい、気づいた。

「……気温。今日の方が少し暑い」

拓哉さんの頬に微笑みが浮かんだ。

「今日を二回目の食事に選んだのは、弥彦にスマホで天気予報を見てもらい、六月にしては気温が高くなる日だったからだ」

「ああ。そういう微妙な天気の違い、気候の違いを考慮に入れて調理場に立たなければいけないということですね」

　感銘を受けたような声だった。しかし、弥彦さんは先代のメモ類を読みながら、苦笑いを浮かべていた。

「和成さん、拓哉はまだ残り半分の正解を認定してくれていないよ」

「これも完全な答えじゃないんですか？」

「拓哉は言葉が足りないから、僕が説明してあげる。今夜は雨が降った。気温が高くなって雨が降ってじめじめして、そこを和成さんは大きなトートバッグを持ってきたわけだから当然、汗をかく。汗をかけば塩分が失われる。そこまで考えて、拓哉はこの味付けを仕込んだ。拓哉が見ていたのは、『気温』じゃなくて和成さんという『人』だったのさ」

「塩を増やした分、こちらもそれとは分からない程度、盛り付けの量を減らした。咲衣、おまえがいい仕事をしたおかげで、和成さんは盛り付けの量が少ないことには気づかなかったぞ。お手柄だ。これからも励め」

「あ……。ど、どうも――」

急に褒められてぎこちなく頭を下げる。……ちょっとうれしい。

「ふふ。咲衣さん、かわいいね」

と、弥彦さんが私の目を覗き込んだ。拓哉さんが少し弥彦さんを横目で見たが、何も言わなかった。

「そんなに細かく考えて料理を作っているのですか」

と、驚きを通り越して呆れているような表情の和成さんに、拓哉さんが言った。

「これが、『なるかみや』流の一期一会のおもてなしだ」

「……すごいですね。とても真似できない」

和成さんが降参とばかりにうなだれると、拓哉さんが否定する。

「そんなことはないぞ。何しろこれが、先代の最中がお客様に受けていた最大の理由なんだから」

「――!? 何ですって!?」

弥彦さんが手にしていた先代のメモ帳のページをめくる。

「和成さんさ、おじいちゃんの郁夫さんのメモ帳は何回くらい読んだ?」

「先代のレシピは紙に穴が空くほど読み込みましたけど、メモ帳は祖父の個人的な物だと思ってほとんど……」

弥彦さんがもったいないと嘆いていた。

「ほんと、細かい字でびっしりとお客さんの個人情報が書き込まれてるよね。『いのうえこうじ、昭和四十五年一月十五日生まれ、妻（最中好き）、子供ふたり、夏に孫、血圧正常、妻誕生日・四月十九日』とか。これに合わせて、郁夫さんは最中の調整をしていたんじゃないの？」

しかし、和成さんが頭を振った。

「そんなこと、絶対無理ですよ。だって、祖父の、先代のいた頃は、最中を求めて毎日行列ができていた。そんなことをする余裕なんて――」

「もちろん全員に毎日、というわけではなかったかもしれない。しかし、和成さんも言ってただろ。先代の頃は予約が多かったって」

先代は、ただ材料や製法にこだわり抜いたことで、予約客をたくさん確保できていたわけではなかったのだ。

そのときそのときの材料の最もいい水加減や火加減を追求するのは当然の前提として、お客様一人一人を見ながら、最中ひとつひとつの餡の量や甘味そのものなどを微妙に調整していたのだと、拓哉さんが説明した。

「最中ひとつに、そこまでしてたんですね」

と、声に出てしまった。

「先代はそういう人だった」

と、拓哉さんが何かを懐かしむような目つきになる。

和成さんが背もたれに身体を預け、天を仰いだ。

「そうだったのか……」

その姿を見て。拓哉さんが苦笑している。

「このまえ、丸太町の和菓子屋で和成さんが出ていったあと、お店の人はこう言っていたぞ」

拓哉さんが会計をしながら先代の話題を振ると、笑いながらこう言ったそうだ。

『先代の旦那はさっきみたいなことはしまへんでした。あの人はうちらのことを商売敵なんて見てくれてやしまへん。いつもいつもご自分とだけ戦ってはった。うちらがどんな新商品作ろうとも、のれんに腕押し、糠に釘。ご自分がいかにお客様のお気持ちに近づけるかしか、これっぽっちも気にしてなかったんですわ。まったくかないまへんで――』

私は先代にお会いしたことはない。しかし、その話だけでどんな和菓子職人だったか、目に見えるようだった。

気がつけば、和成さんが涙を流していた。

「いまのお話、先代の、亡き祖父の仕事姿を思い出させてくれました。普段はやさしいのに、あんこを作っているときの祖父は、それはもう怖かった。鬼じゃないかというくらいで、子供心にものすごく怖かったんです。でもそれは、お客様のために命懸けで最中を作っていたからだったんだって、やっと分かりました」

　調理場から出てきた拓哉さんが和成さんの横に座る。

「お客様が店に来てくださったときに、世間話ついでに身体のことを気にしてあげたり、家族のことに触れてあげたり。そうやってこつこつとお客様の話を伺って、結婚記念日や誕生日には黙って一個おまけしてあげてた。そんな人だった」

「ほんと、先代の郁夫さんほど自分に厳しくて他人にやさしい人間には会ったことがないよ。自分が傷つくまで、やさしすぎるほどやさしい人だった。一個の最中に祈りを込めて、食べた人の幸福をひたすら祈っている人だった」

　と、いつもは人間世界に厳しい弥彦さんまでも、しみじみとそう言っていた。

「だから、あの人の作る最中はおいしいだけではなく、温かくて涙がこみ上げてくるような味だったんだ」

　その言葉には拓哉さんの深い想いが込められていた。

「素晴らしい方だったんですね」

　と、私が言うと、弥彦さんがいつもの表情に戻って教えてくれた。

「何を隠そう、この『なるかみや』をメニューなしの店にしたのも、和成さんのおじいちゃん、郁夫さんの影響なんだよ」

「そうなんですか!?」

と、和成さんと私の声が重なった。

「咲衣の出汁を初めて飲んだときに聞いただろ？　何用の出汁か、どんな状況の誰のための出汁なのか。あれは先代と話をしながら掴んだことだ」

「そうだったんですか……」

神さまも人間から学んだりするんだ……。

「いいものはいい。人間であれ、神さまであれ、な」と、拓哉さんが淡々と答えた。

食後の煎茶を飲みながら、和成さんは改めて先代のメモ帳を読み返していた。何度も鼻を啜って涙を拭っている。まるでメモ帳を通しておじいさんと対話しているようだった。

メモ帳から目を上げて天井を仰ぎながら嘆息していた。

「ああ、僕は何も分かっていなかった」

「どうされたんですか？」

「和菓子が厳しい時代だから、現代的なお客様の嗜好に合わせて新商品を開発しようとしていました。でも、僕はおじいちゃんほどにはお客様を見ていなかった。おじいちゃんと比べたら、僕は『自分はこんなこともできます』ってただただ自慢しているだけだった――」

　そんな和成さんの姿を見ながら、拓哉さんが懐かしそうな顔をしていた。

「先代もよくそんなふうに悩んでいたな。なあ、弥彦」

「そうだったねぇ」

「本当ですか？」

　と和成さんが尋ねた。

「郁夫さん、お客様の気持ちが全然分からないって、いつも泣きながらお酒飲んでてさ。拓哉に愚痴聞いてもらって、僕がいろーんな話して、最後にみんなでお茶漬け食べて。それで郁夫さん、お店から帰る頃には元気になってたんだよね」

「先代のようにもてなして相談に乗るつもりで、和成さんにもここに食べにこいって、俺はいつも言ってたんだ」

　さも和成さんが分からず屋のような言い方をしているけど。

「拓哉さん、和成さんが半分しか正解しなかったのと同じで、あなたはいつも半分しか話していないんですよ。私の料理を酷評してくれたときもそう。最後までちゃんと理由を言ってください」

　弥彦さんが私の目を覗き込んだ。

「嘘だよ。拓哉が言葉足らずなのはその通りだけど、咲衣さんは自分の料理の問題点をきちんと把握してるはずだよ」

「……まあ、一応」

ちょっと悔しいけど、その通りだった。和成さんの苦悩を通して私も自分のいままでの料理が独りよがりと言われた理由に思い至っていた。

「そんなことよりさ、お茶漬け食べようよ。郁夫さんがいたときみたいにさ」

拓哉さんが鮭の切り身を手早く焼いてほぐし、鮭茶漬けを作る。お漬物を切るのは私の役目だった。

「お茶碗は五つ用意しろ」

「五つ？」

「先代の分も含めてだ」

お茶漬けの用意をしていると、和成さんが尋ねてきた。

「拓哉さん、僕はいまからでも遅くないでしょうか」

「気づいたときがいつも出発点だ。和成さんが新商品を作ること自体は悪くない。要はそこに込める心だ。同じことをやってもその心の向きが違っていたら、お客様はそれを押しつけがましいと思う。先代だってよく悩んでた」

と、先代の分のお茶漬けを並べながら拓哉さんが答えた。

「お客様は戻ってきてくれるでしょうか」

「心が変われば世界が変わる」

「分かんなくなったら、ここでごはん食べて気持ちを整理すりゃいいじゃん。郁夫さんみたいにさ。――いっただきまーす」

弥彦さんが勢いよく、拓哉さんが静かにお茶漬けを食べ始めた。

和成さんも噛みしめるようにお茶漬けをいただく。

私もお茶漬けを口に運ぶ。わさびが効いていた。

五人目の先代の分のお茶漬けを見れば、孫の和成さんをやさしく見守る先代の姿があるような気がした。

第四話　嘘つき親友へ捧げるサツマイモの甘露煮

前日の夜の雨が嘘のように、翌朝はからりと晴れた。

昨夜の雨で京都も梅雨入りしたらしいが、梅雨入り早々、抜けるような青空だ。なかなか物事はうまくいかないものだよね。

そのせいというわけでもないのだろうが、昼過ぎに電話があって、夜の予約のお客様からキャンセルが入ってしまった。

私がお客様のキャンセルを伝えると、拓哉さんは顔色ひとつ変えずに言った。

「そうか」

「『そうか』って、拓哉さん、冷静ですね。『なるかみや』は一日一組限定。予約のキャンセルが入ったら途端に開店休業状態ですよ？」

「咲衣さん、拓哉にはそういう経営的視点を求めても無駄だよ。まあ、僕がいる限り、咲衣さんのお給料はきちんと出すから安心してよ」

と、弥彦さんが笑っていた。今日は男衆の仕事もないようで、スマートフォンをいじりながらゆっくりしている。お給料がいただけるのはありがたいけど、食材のことを考えると釈然としない……。

そんなときだった。

店の引き戸がからからと開き、私にとって聞き慣れた声がした。

「こんにちはー」

「早苗!?　いらっしゃい」

入り口へ小走りで出迎えに行くと、我が親友がひとりで穏やかな微笑みを浮かべて立っていた。カーディガンにゆったりしたスカートというコンサバ風のお嬢様のような格好をして穏やかに手を振っている。もともとやさしげな顔だったから、子持ちには見えない。

「近くに来たんで寄ってみたんだけど、よかったかな？」

「大丈夫だよ。あれ？　今日は誠くんは？」

「お姑さんがデパートに連れてってくれてるの。そのまま今夜はお泊まり。あ、このまえは下鴨のお団子ありがとうね。まこちゃんが喜んでた」

「どういたしまして。こちらこそ、お金、助かった」

「困ったときはお互いさまだよ」

「ふふ。そうすると早苗、いまは久しぶりの独身状態？」

「うん。ほんの短い間だけだけどね。……あのさ、咲衣」

「何？」

早苗らしくない、緊張した面持ちだった。何かあったのだろうか……。

弥彦さんもやって来た。

「早苗さん、こんにちは。僕のこと覚えてるよね？」

「ええ」

「ちょうどよかった。実はさ、今日、急にキャンセルが出ちゃって。ふたり分。食材が傷んじゃうのももったいないからさ、お代はいいから、食べてってくれないかな」

「ふたり分、ですか」と、早苗が目を丸くしていた。

「早苗さん、ほっそりしているから、ふたり分はきついよね。だから、咲衣さんと一緒に」

「え？　私？」

なんだかんだと丸め込まれ、二分後には早苗と私はテーブル席で差し向かいで談笑していた。拓哉さんの料理を食べるのは好きだし、早苗とふたりでゆっくりできるのもうれしかったのが本音だった。

私たちの席は、仕切りで半個室になった四人掛けテーブル。

拓哉さんも弥彦さんも必要なこと以外は話しかけないで、私たちにふたりの時間を満喫させてくれていた。

「あはは。もうやめてよ、咲衣。あたし、そんなことしてないって」

「何言ってるのよ、早苗。高校の文化祭のときにあんたがついた嘘だって覚えてるんだからね」

「あー、このサツマイモの甘露煮、おいしい。まこちゃんが好きなんだよね」

「まーた、そうやって、自分に都合が悪くなると話をそらす」

親友同士の気の置けないひとときを、おいしいおばんざいとお酒で過ごす。

大人って楽しいと思える瞬間だった。

ふたり分の料理はぺろりと食べてしまって、明るいうちからちびちびとお酒を酌み交わす。

思えば短大を卒業してすぐに早苗が京都へお嫁に行ってしまったから、ふたりで飲む機会なんて数えるほどだった。

いつの間にか、早苗が日本酒を飲めるようになっていたことに私は驚いた。

「咲ぁ衣ぇ」

私の名前の母音を伸ばし気味にして「さぁえぇ」と呼ぶのが、早苗が眠たくなってきた証拠だった。

「はいはい。おねむでちゅかー」

手酌で日本酒を飲みながら適当に言うと、早苗が笑った。

「うふふーん」

「何よ、気持ち悪い笑い方して。旦那さんに迎えに来てもらう?」

「いや、まだいい」

「まあ、百年の恋も冷めそうな酔っ払いだもんね」

「そんなことないよぉ。愛されてるもん。あのね、咲ぁ衣ぇ、あたしね、自分の人生がすごく幸せだったって思ってるのよ」

「……専業主婦の勝ち組発言かな？」のろけてくれちゃって。

しかし、早苗はそうではないと否定した。

「いろいろあったけどさ、あたしはさ、あたしの人生を生きてるって思うんだよね。結局、上場会社に就職しなかったし、大金持ちでもないし、咲衣みたいに立派な和食の料理人にはならなかった」

「私はまだひよっこだけどね」

何言ってるの、私から見たら神レベルよと笑いながら、早苗が私にお酒をついでくれた。

「でもね、あたしは、あたしの名前で自分の人生を生きてるって満足感がある。咲衣もそういうこと、考えてみたら？」

「随分辛気くさいこと言うようになったのね。早苗ってひょっとして絡み酒？」

と、私が苦笑すると、早苗はふんわりと微笑んだ。

「せっかく人がいいことを言ってあげたのに。じゃあ、あたしがひとつ予言をしてあげよう」

「予言？　いつから占い師になったの？」

早苗が目を閉じて私に手をかざし、それっぽくしている。

「うーん……咲衣が落としたお財布、もうすぐ戻ってくる」

「――ごめん、半分忘れてたわ」

「当たるかもよ？」

占いなら外れても、そういうこともあるとすまされて、嘘つきにはならない。案外、早苗が占い師になったら成功するかも。

「あ、そうだ。早苗、もしお腹がまだ大丈夫なら、最後にお茶漬け食べない？　このまえ食べてすごくおいしかったの」

「うん。もらうもらう。普段はこんなに食べられないんだけど、何でだろうね、咲衣と一緒にいるとどんどん食べられる」

外で雨音が静かに響いている。

梅雨の京都の夜、女ふたりの気の置けない時間がゆったりと流れていた。

本日のお会計、ふたり合わせて三千円。


翌日、私はこの上なく幸せな気持ちで目を覚ました。

親友といっぱいしゃべって飲んだり食べたりして満たされたからだろう。

「あれだけ飲んだのに二日酔いもしないなんて、さすが『なるかみや』のお酒とお料理。拓哉さんは最高だ」と独り言をつぶやいて伸びをした。シャワーを浴びよう。

その日は、普段と変わらない一日になるはずだった。

朝ごはんのまかないを、拓哉さんたちと三人で食べる。昨日のお礼も忘れない。後片付けのあと、静枝さんからの納品をチェック。それから静枝さんとお茶。娘の陽菜ちゃんは元気に受験勉強真っ最中だとか。

午前中の仕込みが終わって、お昼のまかないを作ろうとしたときだった。

「咲衣さーん、電話が鳴ってるよー」

弥彦さんにお礼を言ってスマホを取る。知らない番号だった。

登録し忘れているお客様の番号かもしれないし、ひょっとしたら落とした財布を拾ってくれた人かもしれない。昨夜、早苗があんなことを言うものだからちょっと期待してしまった。

「はい、『なるかみや』の鹿池です。……ああ、誠太郎さん」

相手は早苗の夫の誠太郎さんだった。

『ああ、鹿池さん。先日はありがとうございました。いま大丈夫ですか』

「はい、大丈夫ですよ」

明るい声で受け答えしながらも、心の中に違和感が湧いてきた。

その正体は、すぐに誠太郎さんの言葉で判明する。

『実は、先ほど、私の母のところへ誠を迎えに行って帰ってきた早苗が、急に倒れてしまいまして』

「えっ⁉　早苗が⁉」

声が裏返る。拓哉さんと弥彦さんがこちらを見た。

――朝起きたときは元気だったんです。それがさっき、誠と手をつないで歩いていたら急に頭が痛いと言って倒れてしまって。いくら呼びかけても返事がなく、救急車を呼びました。病院へ運ばれる間、ずっと私たち家族と鹿池さんの名前をうわごとのように呼んでいて……。

気がついたときには、私は祇園の町を走っていた。

四条通でタクシーを捕まえて飛び乗る。

早苗が運ばれた病院へ急ぐ。

早苗、早苗――。

タクシーに乗っている間中、涙が止まらなかった。

しかし、私が病院に着いたときには、早苗は息を引き取っていた。

死因はくも膜下出血。さよならも言えない、あっという間の出来事だった。

じめじめと梅雨の雨が続いている。

何もかも、嘘みたいだった。

病室で白い布をかけられた早苗の顔も、体温が抜けて作りものめいた黄色っぽい肌色になった棺の中の早苗の顔も、遺影で笑っている早苗の顔も、どれもこれも嘘みたいだった。

そうだ、これはあの嘘つき親友の大がかりな嘘なのだ。

——何度そうであってほしいと願ったことだろう。

ご主人の誠太郎さんはひたすら泣いていた。早苗は本当に健康に気を使っていて、つい先日も健康診断を受けたばかりだったのにと、誠太郎さんは誰にともなくつらい心境を語っていた。

幼稚園に入る前の誠くんにはお母さんの死がよく分からないようだった。誠くんが葬儀の間、悲しそうというよりつまらなさそうにしていたのがかえって痛ましかった。

京都で喪服を持っていない私のために、弥彦さんが信子さんから借りてくれた。初めて着る和装の喪服が、まさか早苗の葬儀になるなんて。私はずっとハンカチを目に当てて、借り物の着物が涙で汚れないように注意していた。

葬儀が終わってもハンカチが手放せない日が続いた。部屋の隅の香典返しが、早苗の死が嘘ではないと言っている。

二十四歳で死ぬなんて若すぎる。

拓哉さんと弥彦さんに、陽菜ちゃんの意識を回復させたときのように、ふたりの力を合わせて何とかできないかと泣きすがったが、ダメだった。

「これは運命なんだ」と拓哉さんは短く答えた。

いつも冗談ばかり言っている弥彦さんは、静かな表情で百人一首の歌を諳んじた。

ながらへば　またこの頃や　しのばれむ
憂しと見し世ぞ　今は恋しき

——これから先の人生を生き長らえたとしたら、つらいいまのことが懐かしくなるだろうか。つらいと思っていた昔のあの頃が、いまでは恋しく思われるのだから。

私は包丁を握ることも調理場に立つこともできず、部屋でぼんやり外を眺めていた。

葬儀が終わって三日後の週末のことだった。

早苗が亡くなってちょうど一週間。でも、まるで実感がない。

弥彦さんが私を呼んだ。

食事の時間でもないのに何だろうと思ったが、誠太郎さんと誠くんが『なるかみや』に来ていると聞いて、私は慌てて下へ降りる。

誠太郎さんは悲しみから立ち直れただろうか。

誠くんはだんだん悲しい気持ちが分かってきていないだろうか。

途中で足がもつれそうになった。

「おいおい、階段から落ちるなよ」

と、拓哉さんに叱られた。

「すみません。——誠太郎さん、誠くん」

椅子に座っていた誠太郎さんが立ち上がって私に頭を下げた。

「鹿池さん、先日はいろいろとありがとうございました」

人の良さそうな笑みに、深い悲しみが潜んでいるのが見えた。少し寝癖が残っているのがかえってもの悲しい。ダメだ。また涙が出そうになる。

「いえ、こちらこそ……」

「ほら、誠。お姉さんにご挨拶」

「こんにちは」

誠くんの顔を見て、私は涙が引っ込んだ。誠くんが愛らしい笑顔で私を見つめていたからだった。

お母さんが死んだことの意味がまだ分からないんだろうな。

それにしてはあまりにも、楽しげな笑顔。文字通り、うれしくて笑っている。それが不思議で誠太郎さんに理由を尋ねようとしたら、誠太郎さんが誠くんを促した。

「誠、お姉さんにもママの手紙を見せてあげて」

「はい」と誠くんが背負っていた小さなリュックからかわいい封筒を取り出した。

封筒の表には早苗の懐かしい字で「まこちゃんへ」と書かれている。

「読んでいいの？」

「はい」

《まこちゃんへ
ママがきゅうにいなくなってちょっとびっくりしちゃったかな？
ママはまこちゃんのことがずっとだいすきです。
まこちゃんがうまれるずっとまえから、
まこちゃんがだいすきだったんだ。
でも、ママはちょっととおいところへおでかけすることになっちゃったの。
あ、でも、ママはおっちょこちょいだから、
「いってきます」をいいわすれちゃったかな。

いいわすれちゃってたら、いちどだけもどってくるよ。
けれども、ママはすこし、ものわすれをしているかもしれません。
そのときは、まこちゃんがママにいろいろおしえてね。
おつきさまがむかえにくるまで、
もういちどいっしょにいられるからね。
ママより》

不思議な内容の手紙から顔を上げると、誠くんがにこにこしていた。その笑い方が、早苗によく似ていて、胸が詰まる。

「誠くん、この手紙は――」

「ママね、ちょっとおでかけしているんだって。でも、『いってきます』いわなかったから、『いちどだけもどってくる』んだよ」

早苗、あんた死ぬときまで嘘つかなくていいんだよ。

何もかわいいわが子に嘘をつかなくったって。

嘘をつくなら私にだけでいいじゃない――。

また涙がこみ上げてきて、手がハンカチを探す。

「内容が内容なので、さすがに参ってしまって。〝神さま〟なら何か分かるんじゃないかと思ってここに来たんですが、おふたりも首をかしげるばかりで」

拓哉さんが首を横に振り、弥彦さんが、「分からないものは分からないよ」と肩をすくめている。

どうしよう。早苗が嘘つき常習犯だったことをバラそうか。でも、故人とはいえ親友の不名誉を暴くのも気が引ける。あんた、最後の最後まで何やってんのよ……。

そんなことを悩みながら手紙を読み返して、ふと重大なことに気づいた。

・・・・・・・・・・・・・・

早苗はくも膜下出血で急逝したのだ。

くも膜下出血は突然起こる。予測は難しい。

誠太郎さんによれば、早苗は健康に人一倍気を使っていたらしいが、兆候のようなものは何もなかったと言っていた。

しかし、この手紙の内容は自分が死ぬことを予期して書かれているとしか思えない内容だ。

早苗、あんた、何をしたの？

その疑問を誠太郎さんにぶつけてみると、誠太郎さんはさらなる疑問を提示した。

「この手紙、実は郵便で昨日届いたんです」

「え？」

驚いて封筒を改めて見ると、たしかに昨日の消印が押してある。

おかしい。

日付指定の郵便？　でも、いつ？　どうやって？

昨日と言えば、早苗が死んで六日後なのだ。

誠太郎さんもさっぱり分からないと言っていた。

拓哉さんは難しい顔でじっと手紙を見ている。弥彦さんは軽く肩をすくめただけだった。せめて何か言いなさいよ。いつもの軽口はどこへ行ったのよ。

頭を抱える大人たちの中にあって、誠くんだけが早苗の手紙を文字通りに素直に信じていた。

「ねえ、パパ。ママもうすぐかえってくるんでしょ？　いえでまっていなくていいの？」

「そうだね。待ってないとね。――こんなふうに誠は信じているのが、僕にはかえってかわいそうに思えて……」

「そうですね」

心の中で、早苗に一体これはどういうことなのかと詰問する。

咲衣なら分かるでしょ――と、心の中の早苗が答えた。

私なら分かる？　どういうことなのよ？

「あ、そうだ。もうひとつすごく大事なことを忘れていました」

誠太郎さんが自分のリュックから別のきれいな封筒を出した。

「ひょっとして、また早苗からの手紙ですか？」

「ええ。でも、中身は見ていません。これは早苗から咲衣さんへの手紙だったので」

これを渡さなければいけないというのも『なるかみや』に来た理由だと、誠太郎さんが説明した。

そう言われたときの私の心境はどう表現したらいいだろう。喜び、驚き、恐れ、疑問、悲しみ。いろんな気持ちがごちゃごちゃになって頭の中が沸騰しそうだった。

受け取った水色の封筒には《かけがえのない親友・鹿池咲衣へ》と早苗の字で書いてあった。

かけがえのない親友という、ちょっぴり気取った言葉に鼻の奥がツンとする。

そういえば、高校時代、早苗の方が私より現代文の成績はよかったっけ。

私宛のこの封筒も、先ほどの手紙と同じ日付の消印が押されていた。

手で封筒を破くのが嫌だったので、調理場にあるハサミで丁寧に口を開く。

封筒と同じく水色の便せんが入っていた。心臓が痛いほど強く鼓動を打っている。

呼吸を整え、思い切って二枚入っていた便せんを開く。

しかし。

「は？　何で何も書いていないの？」

思わずずっこけそうになる。誠太郎さんも二枚とも何も書かれていない便せんだと知って拍子抜けしたような顔をしている。

あれ？　でも、何かこれ、既視感がある。

同じようなことをされたことがあったような……。

あれは——たしか、高校時代。

そうだ、私が夏休みの数学の課題を提出前になくしてしまって、真っ青になっていたときだ。

早苗も一緒に探してくれて、それでも見つからなくて私は半泣きになっていた。

早苗に、下駄箱から再度探してくるから咲衣は自分の机の中をもう一度見てみてと言われて、私が自分の机をひっくり返していたら、こんな封筒が出てきたんだった。

《数学の課題のありか》と早苗の字で書かれた封筒。

あやしすぎ。

何だろうと思って開いてみたら何も書いていない便せんが一通だけ。

ますますあやしすぎ。

いぶかしく思っていたら、背後に物理的な衝撃を受けた。

早苗がぶつかってきたのだった。

『痛っ。早苗!?』

『あはは。数学の課題、ちゃーんと見つけといたよ』

早苗お得意の嘘つきではなかったが、見つけたなら早く言ってくれればいいのに、何その言い方全然感謝の気持ちがないのと、ふたりで言い合ったものだった。

でも、どうして今回、早苗はこんなことをしたんだろう。

意味が分からない。

そのとき、店の入り口の引き戸が開く音がして、女性の声が聞こえた。


「すみませーん」


その声を聞いた途端、私の背中に電撃のようなものが走った。

頬の皮膚が粟立つ。

顔を覗かせたその声の主を見て、頭の中が真っ白になった。

「嘘でしょ――?」

カーディガンとゆったりしたスカートの見慣れたコンサバふうのお嬢様スタイルの衣装に身を包んだ若い女性が、見覚えのある黄色い長財布を持って立っている。

どうして、いま、あなたがその長財布を持ってそこにいるの?

私だけではない。誠太郎さんが早くも涙を溢れさせ、誠くんが顔を輝かせた。拓哉さんが組んでいた腕をほどき、弥彦さんが目を丸くする。

「このお財布、お店の前で拾ったんですけど……」

とうとう我慢しきれなくなった誠くんが飛び出した。

「ママ！」

落として行方不明だった私の財布を持ったその女性のお腹の辺りに、ありったけの思いを込めて誠くんがぶつかった。

「うわっ！　ぼ、ぼく、どうしたの？」

誠太郎さんと私が、異口同音にある女性の名前を呼ぶ。

「早苗？」

その呼びかけに、女性の顔が驚きに彩られる。

「え？　誠太郎さんと咲衣？　どうして――？」

声だけでなく、答え方、呼吸、何よりも私たちを見返した反応が雄弁に語っていた。

――そこにいたのは、一週間前に亡くなった早苗本人のようだった。


早苗と私は幼なじみだ。だから、お互いの家族構成は当然のごとく把握している。

早苗には同じ年頃の姉妹はいない。そもそもあの子は私と同じ一人っ子だ。

早苗によく似たその女性は、弥彦さんの案内で席に着いている。横には誠くんがべったり。早苗っぽい人はよく分からないままに誠くんの相手をしている。

「鹿池さん、ちょっとちょっと」

と、誠太郎さんが私を店の端に引っ張っていく。

「な、何でしょうか」

「あの人は誰なんでしょうか」

「私が聞きたいです」

「ひょっとして、ゆ、幽霊とかでしょうか。ここ、神さまいますし」

それは私も思った。

しかし、魂であれば以前、陽菜ちゃんのときに見たことがあるが、そのときは半透明で向こうが透けて見え、実際に手もすり抜けてしまった。

ところが、この女性はそんなふうなことは一切ない。誠くんがぶつかってもしっかり受け止めることができたのだ。

「幽霊とか魂とかとは、ちょっと違うような気がしますね」

「ひょっとして見たことあるんですか、幽霊」

「似たようなものは」

「すごいですね。今度、詳しく教えてください」

何だか脱線してきた。誠太郎さん、かなり混乱している？

肩を叩かれて振り向くと、拓哉さんがいつもの表情で立っていた。

「誠太郎さんにとっては最愛の妻であり、咲衣にとっては無二の親友なんだろ？　本人かどうかくらい、分かってやれ。誠くんは自分の母親だと素直に理解している」

静かな口調だったが、心に刺さった。

たしかに第一印象で早苗だと思った。

しかし、そんなはずないと頭が否定する。見た目は完全に早苗なのだ。

だけど、早苗はもう死んでいるはずで、ここにいるのはおかしい。

おかしいけど、どこからどう見ても早苗だ。

しかし、仮にあの人が早苗だとすれば、誠くんや私への手紙の謎がすべて解ける。

「あの、誠太郎さん、咲衣、ちょっといいかしら」

「は、はいっ！」

早苗っぽい人から声がかかって、飛び上がってしまった。

「ここ、どこ？」

「ここどこって、『なるかみや』に決まってるじゃない」

「『なるかみや』……？」

「何度か来てるじゃない」

「嘘。初めてだよ。こんなお店」

「うそぉ!?」

弥彦さんが驚く私の目の前に、黄色い長財布を見せた。適度に使い込まれている。

「はい、咲衣さん」

「その長財布――やっぱり、私のですよね」

「早苗さんが拾って届けてくれたんだから、先にお礼を言わないとね」

弥彦さんが片目をつぶった。

「あ、ああ、そうだった。ありがとう」

「どういたしまして。まさか咲衣のお財布を拾うなんてね。あたしでよかったね。変な人だったら盗んじゃったりするかもしれないし。念のため、中身を確かめて」

早苗によく似た彼女に言われるままに長財布を開く。運転免許証やキャッシュカード、クレジットカード類はもちろん、現金もそのまま残っていた。全部ある。

それはうれしいのだけど、何でいまになって出てきたのだろう。

すでに梅雨に入り、雨の日が続いている。

けれども、この長財布には濡れた痕跡もない。

「全部あったよ。……ところでなんだけど、この長財布、どこに落ちてた？」

「このお店の目の前だよ」

「ほんとに……？」

これまで何回となく出入りしているし、毎日掃除をして隅から隅まで見ている。長財布なんて落ちていなかった。

それとも、先に誰かが拾ってしばらく持っていて、持ち主が私だと分かって名乗らずに『なるかみや』の前に置いておいたのだろうか。

「うちのそばの八坂神社にお参りして、にわか雨に降られて慌てて走ってたらいつの間にかこのお店の前にいて……」と、説明をしながら早苗の声がどんどん小さくなっていく。最後には私を呼び寄せて耳元に話しかけるようにした。

「私も聞きたいことがあるんだけど、ここは東京の実家のそばよね？　咲衣はどうしてそんな格好しているの？　ここでバイトしているの？　聞いてないよ？　それからこの子は誰の子？」

何を言っているのかとつっこもうとして、彼女の顔があまりにも真剣で――何よりもその表情がもう、早苗本人としか思えないほどそっくりで――何も否定できなくなってしまった。

「ここは京都の祇園。私は京料理人を目指して京都に来たけど財布を落としたりいろいろあってこの『なるかみや』で住み込みで働いている。その子は早苗と誠太郎さんの間の子供。オーケー？」

さすがに早苗が死んだことは言えなかった。ゲームでもあるまいし、「あなたは死にました」なんて言えるわけがない。

それでも十分ショッキングな内容だったらしく、早苗（と、もう呼んでしまおう）の顔が驚愕に引きつる。

「全然オーケーじゃないんだけど。あなた、短大の授業はどうしたの？　それにちょっと化粧のノリが悪い？」

大きなお世話だった。この一週間の心労で肌が荒れ気味なのだ。それもこれも誰のせいだと思っているのよ。

「……あんたはお肌つるつるね。それより授業？　何言ってるの、短大はとっくに卒業したじゃない。それで、早苗は上場企業の内定を蹴っ飛ばして誠太郎さんと結婚して京都に引っ越した」

早苗が手を突き出した。

「ちょっと待って。あたし、たしかに誠太郎さんとお付き合いはしているけど、結婚はまだ……」

ふと、誠くんがあることに気づいた。

「ママ、ひだりてにゆびわしてないの？」

急に話しかけられた早苗が誠くんに笑いかけた。

「うん。まだ結婚してないからね」

誠くんがしょげた顔になる。

「ママはぜったいゆびわははずさないっていってたのに」

「そうなんだ。あのね、誠くん、あたしはあなたのママでは――」

誠くんを早苗がなだめようと近づく。

その早苗に弥彦さんが人差し指を口に当ててしーっとジェスチャーした。

「多分、『記憶喪失』ってヤツじゃないかな」

目で早苗が何かを訴えようとしていたが、その耳元に弥彦さんが何かをささやくとおとなしくなった。

「弥彦さん、何したの？」

「何でもない」

と、そっぽを向かれた。早苗も目を合わさない。

「ここは現世と常世の交差する店だからな。多少の奇跡は起こるだろう。……みんな、飯にしようか。咲衣、手伝え」

はい、と返事をすると、拓哉さんが前掛けを締め直した。

食事の用意をしながら早苗たちの様子を見る。

早苗と誠太郎さんがぺこぺこと頭を下げ合っていた。こうしてみると、似た者同士の夫婦だったことがよく分かる。

いけない。いまごろになってまた涙がにじんできた。

よく分からないけど、奇跡なら奇跡でいい。早苗にもう一度会いたいと思っていたのだから。記憶喪失だろうがなんだろうが。

今日のところは、とにかくこれ以上詮索せず、早苗と一緒に過ごそう。

久しぶりにおいしい食事だった。

早苗との会話はどこかちぐはぐだったし、何より早苗自身が混乱していたけど。

早苗がお手洗いに立った隙に、私たちは話し合う。

その結果、戸籍上はすでに死んだ人間だから、誰かに見つかると問題があるだろうと、早苗は差し当たって私と一緒に『なるかみや』の二階の部屋に泊まることになった。誠くんには悪いけど。それに多分、家には早苗の遺影もあるはず。さすがに見せられない。いったんしまってもらおう。

だだをこねる誠くんをなぜか私がなだめ、誠太郎さんとふたりで帰っていくのを見送った。夜空にはきれいな半月が出ていた。

でも、私はこのときすっかり忘れていたのだ。

死ぬ前の早苗が、誠くんに宛てたあの手紙の内容を……。

翌朝、目を覚ますと早苗の方が先に起きていた。

「おはよう、咲衣」

と、早苗がほんわりと微笑んでいる。

「おはよう、早苗。昨夜はよく眠れた？」

「うん。ふふふ。修学旅行みたいで楽しいね」

思わず早苗をまじまじと見つめる。

昨日の夜までの、どこか不安そうな影がみじんもなくなっていた。

「早苗、すっきりした顔してるね」

「うん。一晩ぐっすり寝たら記憶の整理がついた。とりあえずあたしは早苗。あなたは咲衣。誠太郎さんは私の旦那様で、あのちっちゃくってかわいい男の子が私と誠太郎さんの子供で、誠くん。ほら、大丈夫でしょ？」

「そうね」

いきなり記憶が戻った？　それならそれでいいような、かえって心配になるような複雑な気持ち。

そんな私の気持ちを知ってか知らずか、早苗は大きく伸びをしている。

「合理的に説明がつかないからって受け入れないのは人生を貧しくするわよ？」

「まあ、そうかもね」

「あーあ、よく寝た。生きてるって素晴らしい」

いまあんたがそれを言うと割としゃれにならないよ。

スマートフォンを見ると、誠太郎さんからメールが来ていた。まだ仕事は忌引きなので『なるかみや』に行ってもいいかと尋ねてきていた。誠くんが早苗に会いたがっているらしい。

誠くんの気持ちは分かる。死んでしまったと思っていたお母さんが、理由は分からないけど元気に帰ってきたのだ。少しでもそばにいたいに決まっている。

しかし、問題は早苗である。

誠くんがママを求めて接してきたときに、早苗はどうするのか……。

悩んだあげく、早苗の判断に任せた。

「誠くんが会いたいってメールが来たんだけど……どうする？」

すると、早苗は夢見るような笑顔になった。

「誠が来てくれるの!? 会いたい会いたい！」

「さ、早苗、どうしたの――？」

昨日は誠くんのことだけは完全に忘れていて、どうしてもぎこちない接し方しかできなかったのに。

「さっき言ったでしょ。一晩寝たらだいたい思い出したのよ」

その言葉に嘘はないようだった。誠くんの顔を見ると、早苗はしゃがんで両腕を広げて誠くんをぎゅっと抱きしめた。

その顔はすっかり母の顔になっている。

しかし、『だいたい思い出した』ということは……自分の死についても思い出したのだろうか。

——ダメ。そんなこと怖くて聞けない。

それに。

「ママっ」

と、誠くんが早苗にしがみついた。

「まこちゃん、ごめんね。ママ、お手紙の通り物忘れしちゃってて。でも、ちゃあんと思い出したから大丈夫だよ」

「まこちゃん、さみしかったです」

「うんうん、ごめんね」

あの誠くんの喜び方を見ていたら、そんなこと聞けないよ。

誠くんに対してだけではなかった。誠太郎さんにも打ち解けた表情を見せている。

「ママ……早苗、なんだよな？」

「ごめんね。パパにも心配かけちゃったね」

早苗たち家族のために料理を作りながら、私はその様子を眺めていた。

「どうやら問題ないみたいだな」

「はい。早苗、昨日は混乱してたみたいですね。あと、拓哉さん、ありがとうございました」

「何がだ」

「なんだかんだ言って、早苗を甦らせてくれたんですよね？」

「さすがにそれほどの力はない。俺と弥彦を合わせてもな」

「え？　それじゃ、どういうことなんですか」

「さあ。あと俺が問題ないと言ったのは咲衣の野菜の切り方だ」

「あ、ありがとうございます」

食事中も早苗はにこにこしていた。誠くんにごはんを食べさせてあげたり、誠太郎さんと笑い合ったり。そのうち、「まこちゃん、みんなで遊園地行こうか」と言い始めた。誠くんがにぱっと笑って私にも笑顔のお裾分けをしてくれた。

「よかったね、誠くん」

「何言ってるの、咲衣も一緒に来るのよ？」

「それこそ何言ってるのよ。家族三人水入らずで遊んできなさいよ」

するど、早苗がすっと真顔になって言った。

「すべて思い出したというのは嘘なのよ。ほんとは全部を思い出せてるわけじゃない。いま家族三人だけで遊びに行ったら、ふとしたところでぼろが出ちゃうかもしれないの。助けて」

「私は早苗のフォロー役ということ？　でも、私だってずっと東京で働いていたから、京都での早苗の生活を全部知ってるわけじゃない」

「短大の頃の記憶までは完璧なの。だから、困ったらあたしたちの昔話をしてつないでくれない？　お願い。誠太郎さんやまこちゃんをがっかりさせたくないの」

こんなに真剣な顔で早苗が私にお願い事をするのは初めて見た。

でも、どうしよう。

悩んでいたら、私の調理白衣の裾を誰かが引っ張った。誠くんだった。

「おねえさんもいこ？」

かわいい。子供の純粋な瞳には勝てないよね。


遊園地は楽しかった。身長制限で誠くんがジェットコースターに乗れなくてじんわり涙目になった以外は、終始みんな笑顔だった。私としてはジェットコースターに乗らなくてすんで本当によかったと思っている。

「ふふ。咲衣、昔っからジェットコースター大嫌いだったものね」

「中学生のときに誰かさんの嘘で無理矢理乗せられてトラウマになったのよ」

「ひどい人がいたものねぇ、友達は選ばないと」

普段、私は『なるかみや』で出汁を取っているが、いまは早苗一家のダシにされています。

その分、早苗たちの笑顔が維持できればそれでよかった。

早苗自身が言っていた通り、短大を卒業する直前までの記憶は非常にしっかりしていたし。

私もいまは他愛のない昔話をすることで、目の前の早苗の正体から目を背けたかったのだ。

ここは『なるかみや』。双子の神さまがいる、現世と常世の交差する場所だから。

きっと、何らかの奇跡が起きて早苗が生き返ったんだって……。

散々遊んで『なるかみや』に戻ると、白木のカウンターに大皿がたくさん並べられて、拓哉さんのおばんざいがたっぷりと用意されていた。

大皿の上には野菜も肉も魚も豆腐もいっぱいだ。

煮物も焼き物も何でもある。

よそのおばんざい屋さんではよく見かけるけど、『なるかみや』では珍しい。

ひょっとしてこれは、ビュッフェスタイル？　今日ってそんなお客様の予約が入っていただろうか。

「おかえりー。たくさん遊んでお腹すいたでしょ？　今日は趣向を凝らして、みんなのためにおばんざいのバイキングを作ったよ。誠くんは何が好きかなー？」

弥彦さんが誠くんを抱き上げて、大皿の数々を見せていた。誠くん、大喜び。弥彦さんは案外、子供の扱いがうまいようだ。

「さつまいものあまいのがある」

「まこちゃんはサツマイモの甘露煮が大好きだもんね」

早苗が取り皿を持って、誠くんが食べたいといったものを少しずつ取っている。

誠太郎さんは早苗が食べたいものを取っていた。誠太郎さん、本当に早苗のことが好きなんだな。

誠くんの分を取り終え、早苗が次の皿に誠太郎さんの分をよそっていた。

「拓哉さん、弥彦さん。ありがとうございます」

早苗がとても小さい声でお礼を言っていた。

「ああ、かまわない」

と、拓哉さんがいつもの顔つきで言う。

「満月の夜までは貸し切りにしておいたから大丈夫だよ」

と、弥彦さんも小声で言った。

「すみません。ありがとうございます」

と、早苗がかすかに頭を下げていた。その顔色がかすかに白い。

盗み聞きする気はなかったのだが、そのやりとりが聞こえてしまった。

めまいがした。

いまの弥彦さんのセリフ、満月の夜までしか、早苗がいないということなのではないか。昨日は半月。満月まではあと一週間ほど。

この幸せな時間は、それまでしか続かないということ?

ふと、誠くんあての手紙の最後が思い出された。

《おつきさまがむかえにくるまで》

それって、つまり――。


「ママ、はやくたべたい」

「パパの分、取ってくれてありがとう」

誠くんと誠太郎さんが笑顔で早苗を待っている。

弥彦さんが早苗にささやいていた。

「未来をあれこれ悩んで、いまの時間を生きる努力を怠るのは愚かなことだよ」

早苗が弾かれたように弥彦さんの顔を見上げ、にっこり笑って頷いた。
誠くんたちの方を振り向いたとき、
「はいはい。ごめんね」と、早苗が足を早めた。
早苗が席に着き、三人の家族が完成するのだ。
早苗の隣に誠くん。早苗の前が誠太郎さん。
この配置が、ごく自然で当たり前すぎる家族の座り方。
誰か一人でも欠けてはいけないのに――。
やだよ。この笑顔が壊れちゃうの、もう見たくないよ。
こみ上げる感情の嵐を見せないように背を向けた。
ちょうど目の前の厚焼き卵を取ってごまかそうとしたけど、手が震えて取れない。
涙が急激にあふれ出す。
でも、あの幸せな家族に涙を見られてはいけない。泣き声を聞かれてはいけない。
私は早苗たちに背中を向けたまま、声をかみ殺し続けた。
身体が小刻みに震えるのを、どうすることもできない。
その私の皿に、拓哉さんが黙って厚焼き卵をのせてくれた。
弥彦さんが、その隣のサツマイモの甘露煮を入れてくれる。
「早苗さんたちが咲衣のことも待ってる」

「ごはん、みんなで食べようよ」

双子の神さまが私を支えてくれていた。

目元をふいて振り返れば、かけがえのない親友がいつものほんわりした笑みで私を見つめている。

「ごめんね、誠くん。さあ、みんなでいただきますしよう」

私たちは声を合わせていただきますをして、神さまのおいしいおばんざいを一緒に食べ始めた。

その夜から、早苗は誠太郎さんと誠くんが待つ自分の家に帰るようになった。


とうとうその日がやってきた。

今日は梅雨の中休み。朝からいい天気だった。

何度となく調べた今日の月齢を、もう一度スマートフォンで調べる。

画面表示は「月齢十五・一」となっている。

つまり、今夜は満月。

でも、ひょっとしたら何も起こらないかもしれない。

私の深読みのしすぎで、今日も明日も明後日も、早苗は誠太郎さんと誠くんと一緒にいて、ときどき私とも遊んでくれるかもしれない。

けど、もし私の直感通りだとしたら……。

朝方、早苗からメールがあった。

用事があるので今日は昼間は店に行けないと書かれていた。

普段なら、「あ、そう」で終わる内容なのに、今日は、今日だけは不安が増すばかりだった。

太陽が西に傾き、祇園の町を紅に染める頃、店の引き戸が開いて早苗が入ってきた。

「こんにちは」

いつもの笑顔にほっとする。

「いらっしゃい。ひとり？　誠くんは？」

「誠太郎さんと一緒に遊びに行ってる」

「そっか。日曜日だったもんね」

月齢に気を取られて曜日を忘れていた。

丁寧に掃除された白木のカウンターに腰を落ち着けた早苗に、弥彦さんがお茶を出した。早苗が微笑んで会釈すると、弥彦さんも同じようにした。

拓哉さんは出汁を取っている。鰹節のいい香りがしていた。

普段なら私は拓哉さんの手元を食い入るように見ているのだが、今日は早苗の方ばかりを見ていた。

時計の音が耳に痛い。

突然、早苗が声を上げた。

「あーあ。昨夜、誠太郎さんには何とか説明できたけど、咲衣が真剣にあたしを見ているから、何から話していいか分かんなくなっちゃった」

「何よ、それ」

と、肩の力が少し抜けたところで、早苗がバッグから白い封筒を取り出した。

「これ、あたしが『なるかみや』さんに泊めてもらった日の夜、寝るときにこっそりと拓哉さんたちから受け取ったものなの。咲衣、こっちに来て読んでみて」

早苗に従って調理場から出た。

彼女の隣に座り、封筒に手を伸ばす。

心のどこかで中身を読んではいけないという警報が鳴っていた。

同時に、頭の中では、読まなければいけないと私を叱責する声も聞こえる。

しばらく迷った末、私はその封筒を手に取り、中の便せんを開いた。

手紙には、早苗の字でこう書かれていた。

《私へ――
初めまして、は変かな。自分で自分に手紙を書くというのは初めての経験です。な

かなか難しいものですね――》

手紙は、早苗が自分自身に宛てたもののようだった。

しかし、そのあとを読んで、私の動きが止まる。

《――この手紙は『なるかみや』の拓哉さんと弥彦さんに託しましたが、これを私（というか、あなた）が読んでいるとき、手紙を書いている私である清水早苗（誠太郎さんと結婚していまは岩田早苗）は、もうすでにこの世にいません。

この手紙を読んでいるあなた――というか私？　ややこしいから「あなた」で統一します――は、短大時代の清水早苗です。

そして手紙を書いている私は、二十四歳になった未来の私です。

何を言っているのか分からないかもしれませんが、落ち着いてこの手紙を読み進めてください。

いまのあなたは、上場企業の内定をもらったものの、お付き合いしていた誠太郎さんとの関係で悩んでいますよね。

誠太郎さんはすぐにでも結婚したいと言ってくれてるけど、結婚したら彼と一緒に京都に行かなければいけない。

仕事か結婚かで進路を悩んでいたところだったでしょう。

それで、誠太郎さんの実家が京都の八坂神社の近くだったことを思い出して、東京の実家のそばにある八坂神社に、将来のことを教えてくださいとお参りしましたよね。

そこで黄色い長財布を拾ったものの、気がつけば京都の『なるかみや』というおばんざい屋さんの前に立っていた。

そしてその店の中で、誠太郎さんと親友の咲衣（黄色い長財布の落とし主です。返してあげてね）、さらにあなたのことを「ママ」と呼ぶ誠くんに出会って驚いたはずです。


いいことを教えてあげましょう。


その男の子は本当に誠太郎さんと私（あなた）の間に生まれた男の子です。

名前は誠。普段は「まこちゃん」と呼んでいます。内心、かわいくて触ってみたいと思っていたんじゃないかな？　どうぞ安心して、思い切りかわいがってあげてください。

ここまで読んできて、あなたはなぜこんなにもいまの自分の置かれている状況を詳しく書いているのかと驚いていることでしょう。

大変なことになってしまったと思っているでしょうが、大丈夫です。

あと一週間、満月の日の夜に『なるかみや』を出たときに、あなたは自分がいた時間に帰れます。

元いた世界では、ほんの瞬きする程度の時間しか過ぎていません。

なぜなら、私も、この手紙を書いている今日から四年前、誠太郎さんと結婚する前の短大生だったときに、いまのあなたと全く同じ体験をしたからです――》

「どういう、ことなの――？」

私は目の前の早苗に問いかける。早苗は少しさみしげな微笑みを浮かべた。

「その手紙にある通りだよ。このお店に来たあの日、私は自分の実家の近くにある八坂神社に、自分の将来は仕事か結婚か、どちらを選ぶべきか教えてくださいってお参りに行った。そこで咲衣のお財布を拾ったの」

そう言って、目の前にいる早苗は一枚のカードを見せた。それは短大の学生証。卒業と同時に転用できないように穴を開けられてしまうものだ。

しかし、彼女が持っているカードに穴は開けられていない。この早苗はまだ短大に籍を置いていること。

つまり、理屈は分からないけど、いまここにいる自分は四年前という過去からやって来ていたの——そう早苗は語った。

そして、先日亡くなってしまった早苗、この手紙を書き残した早苗も、短大時代に全く同じ経験をした、と。

この手紙は、死ぬ直前の早苗が、未来へやって来る過去の自分へ宛てた手紙なのだ。

《——四年前の過去からのタイムスリップ。

何でこんなことができたのか、私にも分かりません。

東京の八坂神社と祇園の八坂神社とで、何かパワースポット的なつながりでもあったのでしょうか——》

『なるかみや』についての説明、私や誠太郎さんの〝現在〟の説明が続いたあと、手紙の内容はさらに深く、核心的なものになっていく。

《――この手紙を読んでいるあなたの最大の疑問に答えましょう。

私、岩田早苗はこの手紙を書いた三日後に、最愛の夫と息子を残して、くも膜下出血で死んでしまいます。享年二十四歳です。

そのことを私は短大生のときのタイムスリップの経験で知りました。

元の世界に戻ったとき、私はその「未来」に愕然としました。

だって、私の人生、あと四年しかないのですよ?

私は驚き、悲しみ、絶望しました。

しかし、死への恐怖の中で、私の心を明るく照らした光がありました。

それは誠太郎さんとまこちゃんの笑顔でした。

いまから四年前、ちょうどこの手紙を読んでいるあなたが体験していることと同じ体験をして、自分の時間に戻った私は、東京の八坂神社の境内にしゃがみ込んで考えました。

　本当に、いろいろ考えました。

　もし、私が短大を卒業したあと、誠太郎さんとすぐ結婚することを選択しなかったら、私は二十四歳で死なないですむかもしれない。

　そもそも、現実的に考えれば、短大を卒業してすぐに結婚するより、せっかくいい会社の内定をもらったのですからそこで何年か働いてお金を貯めてからでも遅くはないはずです。

　しかし私は、夫となり、父親となった誠太郎さんの姿とかわいいまこちゃんの姿をすでに見てしまいました。

　私には、三人一緒でない人生なんて考えられなくなっていました。

　そうです。私はどうしても、誠太郎さんとだけではなく、まこちゃんと三人の時間を生きたかったのです。

　短大卒業後、すぐに誠太郎さんと結ばれることでまこちゃんを産んで人生があと数年で終わるとしても、私は家族三人そろわないで長生きする人生を選ぶ気にはなれませんでした。

あのかわいらしいまこちゃんをこの両手で抱きしめられる幸福のために私の人生が短くなってもかまわない。あの子をこの世に産み落とせないで、自分だけ長生きできてもそんな人生は嘘だ、「あたしの名前のあたしの人生」ではない。

もう私は迷いませんでした。私はあの子を抱きしめる未来を選んで、決意と誓いを胸にして、東京の八坂神社をあとにしたのです——》

「早苗、あなたは——」

目の前の短大生の早苗ではなく、この手紙を書き、すでに死んでしまった早苗に呼びかける。

私は口を押さえて嗚咽を漏らすまいとした。代わりに涙がぼとぼとと手紙に落ち、早苗の文字がにじんだ。

私は手紙を読み進めながら、死んでしまった早苗の魂と対話していた。

《——ひょっとしたらこうアドバイスする方もいるかもしれません。

短大卒業後にすぐ結婚するから四年後に死んでしまうのかもしれない、いったん就職してから結婚すればそんな短命な人生ではないかもしれない、と——》

そうだよ、早苗。そういう道もあったんじゃないの？

《――でも、就職してもやっぱり私は四年後に死んでしまうかもしれません。人間の命なんて分からないものです。

現に私は二十四歳で死んでしまうのですから。

それに、もし就職して何年かしてから結婚して子供を授かっても、その子が女の子だったら？

男の子だったとしても、あのまこちゃんとは違う顔だったとしたら？

私の大切なまこちゃんは、色白で優しい顔立ちでほっぺがぷにぷにで、サツマイモの甘露煮が大好きで、パパとママのことが大好きなあの子だけなのです――》

早苗、あなたはそこまで強い心で生きてきたの――？

《――それから四年が経ちました。

望み通り誠太郎さんと結婚した私は、これまた望み通りまこちゃんを授かりました。

タイムスリップしたときに抱きしめた通りの、かわいらしい男の子に成長しました。

そうなると人間、やっぱり死にたくないという欲が出るものです。

だから、健康診断に足繁く通っては健康管理に努めました。おかげでこれまで健康そのもの。もしかしたら、私は長生きできるんじゃないかと密かに期待しました。

しかし、運命の日が来てしまったのです。

かけがえのない親友の咲衣が、京料理人の実技試験に落ちた帰りにお財布をなくして『なるかみや』に身を寄せたのです。

四年前の体験の通りでした。

「ああ、その時がとうとう来たんだ」と、思いました――》

ここで、早苗が注を入れていた。

《咲衣へ。咲衣が京都に来たせいで私が死ぬみたいに誤解しないようにね！》――私の考えることまで全部分かってるじゃない。

《――悲しくないかと言えば嘘になります。とても悲しいです。

だけど、私は幸せでした。

かけがえのない親友と夫だけではなく、かけがえのない我が子と共に生きた、最高に幸福な人生だったと胸を張って死んでいこうと思います――》

最後に、早苗は過去からやって来た自分自身に問いかけていた。

《短大時代の私へ。
まこちゃんを確実に抱きしめられる未来と、そうでないかもしれない未来。
――あなたはどちらの人生を選びますか？》

手紙を読み終わった私は大きな声を上げて泣いた。強い悲しみと激しい悔恨が私の心をさいなんだ。

上場企業の内定をいきなり断って、主婦の道を選んだ早苗。

私が京都で長財布をなくしたと電話で話したときに、かすかに動揺した早苗。
初めてのはずの『なるかみや』で弥彦さんの名前を知っていた早苗。
ふたりで最後に『なるかみや』で、ごはんを食べたときの饒舌だった早苗——。

「ああ、早苗……。あなた、こうなると分かってこの四年間をずっと生きてきたっていうの……？」

どう？　あたしの人生の最後にして最大の嘘に、まんまとだまされたでしょ？

死んだ早苗がそんなふうに笑っているような気がした。

うん。だまされた。まんまとしてやられたよ。

早苗は嘘つきの天才だよ。だから——全部嘘だったよって戻ってきてよ。

頭をかきむしっても、何度涙をぬぐっても、白木のカウンターを幾度叩いても、私の悲しみは死んでしまった早苗には永久に伝わらない。そのもどかしさにまた気持ちが揺れて慟哭し続けた。

短大生の早苗が微笑みながら私の背中をさすってくれた。

「いま咲衣に読んでもらったのとは別にもう一通手紙があったの。ふふ。それがおかしいの。私が私に宛てた一世一代の嘘の指示書なの」

「嘘の指示書？」涙が少し止まった。

「あたしが、二十四歳で死んじゃう人生を選んだときにやるべきこと。短大時代のあたしが過去からやって来てもおかしくないように、いかにもあたしが死んでいないようには日にちを指定して何通か手紙を出すこと、まこちゃんが十五歳になるまで誕生日には『なるかみや』でおばんざいを食べられるように予約をし、お金を払っておくこと、ケーキの準備も前金でしておくこと。などなど。すべてママが用意していたみたいにうまくやれって。死んでしまったあたしは嘘が上手だったから、きっと短大生のあたしにもできるはずだ、嘘は好きだよねって書いてあった。なるほど、これを書いたのはあたしだと確信したよ」

思わず涙を流したまま笑ってしまった。

「あと、咲衣にお願いすることも書いてあった」

「私に？」

慌ててハンカチを取り出すと涙と鼻水をふいた。

すると、早苗が自分の財布を取り出して、お金を出した。

「このお金で、あの子の——誠のランドセルを買ってあげてほしいの。そのときにはママからのプレゼントだって嘘をついてね。ふふふ」

差し出されたお札を受け取ろうとして、とんでもなく重大なことに気づいた。

「ランドセルのお金をいま私に自分で払うってことは、目の前にいるこっちの早苗も、死・・・・・・・・・・・・・・・・・・・・・・・・・・・・・・・・・・・・んでしまった早苗と同じ人生を選ぶつもりなの？」

「…………」

「早苗、答えて」

「——ばれちゃったかぁ。あたしも、嘘をつくのは得意なんだけどなぁ」

と、早苗が苦笑していた。

私は短大生の早苗にすがった。

「やめてよ。死なないでよ。他の方法を考えようよ」

しかし、早苗は早苗だった。

「あたしは、あたしの名前のあたしの人生を生きることを選べれば、それでいいの」

さらに泣きすがろうとしたときに、店の引き戸が開いて楽しげな声が聞こえてきた。

「こんにちは。お世話になります。いやー、ママ、今日は疲れたよ」

「ママ、アスレチックでね、すごいやまみちをはしったりしたのっ」

弥彦さんがおしぼりを素早く渡してくれて、大急ぎで顔をふいた。

ほんの一瞬、誠太郎さんと目が合ってしまった。

その瞬間に誠太郎さんの顔から砂がこぼれるように笑顔が落ちる。

しかし、早苗が立ち上がって消えかけた笑顔にもう一度火を灯した。

「おかえりー！　まこちゃん、パパにいっぱい遊んでもらえてよかったねぇ」

「うん」

「パパに遊んでもらってうれしかった人っ？」

「はいっ！」と誠くんが元気よく手を上げた。

ここにいる早苗は短大生の早苗ではなかった。「母親」そのものだった。

熱い息とともにまた視界がゆがみそうになった私に、拓哉さんが言った。

「咲衣、調理場に立て。俺たちの言葉は、料理だ」

「……はい」

弥彦さんが私の泣きそうな顔を早苗たちから隠すように立って付け加えた。

「足りない言葉は、僕が補ってあげるから」

「はい――」

涙をこらえ、私は調理場に立った。

これは早苗に食べてもらえる最後の料理。

いいえ、早苗たち家族が三人一緒に食べることができる最後の食事。

だから、いまの私のすべてを込めよう。

早苗たちは今日は白木のカウンターに座っている。

誠くんの顔を、早苗がおしぼりできれいにふいてあげていた。

「うわ、真っ黒。いっぱい遊んだね」

「うん」と、答える誠くん。おしぼりで顔をふかれるたびに身体が揺れているのがかわいい。

「咲衣、かわいいでしょ、うちのまこちゃん。かけっこは好きなんだけどフォームがいまいちで遅いのよね。それもまたかわいいんだけど。あとね、寝るときはいつも私の横。でも、子供って寝相が悪いからときどき顔を蹴られるのよ。知ってた？　それからね、寝ちゃうととっても温かくて、まるで湯たんぽみたいなのよ。だからうちでは『まこふとん』とか、『子たんぽ』って呼んでるの――」

誠くんのかわいさを語り続けている。口に出すことで、そのかわいらしさを絶対に忘れまいとしているかのようだった。

私は笑顔で声を張った。

「さあ、おいしい料理ができたよ！」

今日は拓哉さんがじっくり考えた献立のコース仕立て。

どの料理もこれまで見たことないくらいきらきら光っていた。

誠くんにはコースの順番を無視して、大好きなサツマイモの甘露煮を用意する。

柔らかく、けど煮崩れさせず。サツマイモの色味を鮮やかに出しながら、甘く味付けをする。砂糖の甘さだけではダメで、あくまでもサツマイモの持っている本来の甘味を丁寧に磨き込むように作らなければいけない。

拓哉さんに無理を言って私が作らせてもらったのだ。

「まこちゃんね、おねえさんのおりょうりだいすき」

誠くんが、にぱっと笑ってくれた。よかった。甘露煮も光ってる。早苗がサツマイモを我が子の小さな口に運ぶ。一口食べさせるごとに、早苗は頬ずりしていた。

「ね？　かわいいでしょ？　私の命より大切な宝物」

誠くんは早苗に頬ずりされるままにしていた。

料理が進むうちに、また雨が降ってきた。

食事が終わって誠くんの口をふいてあげていた早苗が、急に我が子の小さな身体を抱きしめた。ほとんど条件反射のように、誠くんがママの頬にチュウをする。

早苗が抱擁を解き、誠くんの頭を撫でながら言った。

「まこちゃん、ごめんね。本当は、ママね、もう死んじゃったの」

急にそんなことを言われた誠くんは、訳も分からず口をへの字にした。まつげが長い黒目がちの目に透明な液体がたまり、ぽとぽとと落ちる。

「いきなりすぎて、まこちゃんにばいばい言えなかったから、ちょこっとだけ戻ってきたの。でも、もう帰らなきゃいけないんだ」

「まこちゃんは『ママばいばい』するのいやです」

「そうだね。ママもまこちゃんやパパとばいばいするの、すごくいやだよ。けど、覚えていてね。ママはずっとずっとまこちゃんが大好き。まこちゃんのためなら死んでもいいって思うくらいに大好き。だからずっとずっと見てるから。このサツマイモの甘露煮みたいに、ずっとママのことも大好きでいてね」

誠くんがこくこくと頷いている。

頷けばママが思いとどまってくれるのではないかと期待しているように、真剣に、何度も。

けれども、その真剣さが届かないことも、きっともう気づいてる……。

その姿を見ていたら、涙がまたこみ上げてきた。

思い切り泣きたいけど、泣くのはあとでできる。

いまは、早苗をちゃんと見送らなくては——。

「いつだって私がサツマイモの甘露煮を作ってあげるから、大丈夫だよ」

「――ありがと。すごくおいしかった。――これは嘘じゃないよ」

誠太郎さんも、私たちの目を気にせず泣いていた。

「これで、おしまいなのか」

「うん。昨夜話した通り。あなたのせいじゃないの。私がこの人生を選びたかったの。こんなわがままな女をもらってくれて、ありがとう」

早苗は拓哉さんと弥彦さんにも頭を下げると、ひとり店を出ていこうとする。

そのとき、早苗があの柔らかい微笑みで言った。

「咲衣、私の嘘に付き合ってくれて、ありがとう」

ママを呼ぶ誠くんを誠太郎さんが引き留める。引き戸を閉める直前に、早苗は「いってきます」と呟いて、我が子に小さく手を振った。

「ママぁ!!」

誠太郎さんの手を振り切って、閉じられた引き戸の向こうの祇園の闇へ、誠くんが飛び出した。

しかし、そこにはもう誰もいない。

祇園の町にしとしとと梅雨の雨が降り続けている。

エピローグ

過去から来ていた早苗が元の世界へ帰って三日が経った。

仕込みのあとの休憩時間に、早苗が私宛てに残した白紙の手紙を眺めていたら、弥彦さんが覗き込んできた。

「白紙の手紙？」

「ええ」

高校時代、数学の課題を探していたときに同じような白紙の手紙をもらったときの話をしたら、弥彦さんが少し考えて私に質問してきた。

「咲衣さんはその手紙の意味が分かったの？」

ため息とともに首を横に振る。

「高校の時のは私を驚かそうとしてやったのだと思うんですよね。今回も同じかなとは思うんですけど、それだけじゃないような気もして……」

「なーんだ。そこまで分かっているなら、もう半分は正解にたどり着いているようなものじゃない」

「半分正解……」

何だか和成さんのことを思い出してしまった。

「いいかい。高校のときを思い出してごらん」

と、弥彦さんが人差し指を立てた。

「ええ」

「咲衣さんがその手紙を開けた途端に、課題という大切なものが戻ってきた」

「はい」

弥彦さんが私に苦笑している。物わかりの悪い妹を見ているような目だった。

「今回も一緒。咲衣さんが白紙の手紙を見たときに、早苗さんという大切な人が戻ってきた。きみはそれにびっくりしたよね」

「――でも、早苗はまた行ってしまった」

もう会えないのだ。やっと落ち着いた気持ちに再び熱がこもった。

「でも、今回は便せんは二枚だった。つまり、戻ってきた大切なものはもうひとつあったんだよ」

「もうひとつ？」

弥彦さんがさみしげな笑顔になった。

「早苗さんが誠くんに言ってたじゃないか。『ばいばい言えなかったから、ちょこっとだけ戻ってきた』って。それは誠くんに対してだけだったと思うのかい？」

そこまで言われて、気づかないわけはなかった。

「それって――」

言葉で人の心に火を灯す双子の神さまの弟はきっぱりと頷いた。

「そうだよ、咲衣さん。彼女はきみにお別れの挨拶をする機会という二度とない大切なものを戻すためにも来てくれてたんだよ」

私が分からなかった最後の早苗のメッセージを弥彦さんが届けてくれた。

まるで心の中を光が貫いたようだった。

「早苗、さな……うわあああああ――」

喉がかれるほど、目が痛くなるほど、大きな声で泣いた。

弥彦さんが静かに私の背中をさすってくれた。

私はその手のぬくもりに癒やされながら、ただ泣いた。

泣いて泣いて泣いて――私は調理場に戻るために立ち上がった。

早苗からのメッセージをきちんと読み解いた以上、私は自分のなすべきことに専念するしかない。

それこそが、亡き親友への手向《たむ》けだと思ったからだ。

調理場で拓哉さんを手伝っていると、出入り業者の静枝さんがいつものように食材を納品に来てくれた。

「まいどー」

いつもありがとうございますと、荷物を受け取りに出ると、静枝さんが不思議そうな顔をして私を見つめた。

「どうしたんですか、静枝さん。私のことをずっと見て」

「ああ、ごめんごめん。いやね、『なるかみや』に来た頃と比べて、咲衣さん、ずいぶん雰囲気が変わったなって思って」

「そんなふうに言われると少し照れちゃいます」

するとと珍しいことに拓哉さんが私たちの会話に付け加えた。

「雰囲気だけではない。味も変わった」

師匠たる拓哉さんにそう言われて、私はますます顔が熱くなる。静枝さんは何があったのか知りたがったので、私たちはいつものテーブルでお茶を飲むことにした。

短大生の早苗がこっちにいたときに、納品のときに静枝さんも何度か顔を見ている。それに静枝さんは陽菜ちゃんの件もあったし、『なるかみや』の常連だ。だからきっと、早苗の神秘的な話も分かってくれるだろうと思って話してみた。

「そう。不思議なことがあったのね」

「いろいろ考えちゃいました」

「だから、拓哉さんが言ってたみたいに料理の味まで変わってきたのね」

「そうかも……です」

「にわかには信じられない話だけど、私は信じるよ。陽菜のこともあったから」

「ありがとうございます」

手の中の湯飲みの温かさにしみじみしたものを感じながら、お茶を飲んだ。

「『あたしの人生を生きる』か。その早苗さんっていう人、いいこと言うわね」

「私の親友ですから」

と、言って、私たちは顔を見合って笑った。

「咲衣さんも、自分の人生を生きている？」

私は苦笑いした。

「自分の名前で自分の人生を生きるって、意外と難しいですよね」

「そうね」

「でも、私の場合、『なるかみや』に来たことで、それができそうな気がします」

「そう」と、静枝さんがお茶うけのお新香をつまんだ。

「私、京料理人を目指してがむしゃらにやってきました。でも、うまくいかなくって。最初、『なるかみや』に来たときも、『おばんざいだよな、京懐石の方が上だよね』みたいな、心のどこかに反発する気持ちとか、とにかくここの味を自分のものにできればいいみたいな気持ちがあったんです」

「本当？　何だか意外だわ」

それはそうだ。そんなそぶりを見せないほどには、私だって嘘はつける。早苗の親友だもの。伊達に早苗が自分の嘘の後継者として私に〝遺言〟を残したわけではないということだ。

「でも、拓哉さんはおばんざいだけじゃなくて、本当は京懐石だって作れるし、多分、イタリアンでもフレンチでも何でもいけると思うんです」

「たしかにそうかもしれないわね」

「でも、おばんざいを選んだ。それは、みんなが毎日食べるものだからだって教えてもらったんです」

「ああ、なるほど……」

「毎日暮らしていく人間の心に寄り添う。そのための『なるかみや』、そのためのおばんざいなんだって分かったんです」

きっとそこに、私が私の名前で生きていく道もあるように思う。

そうか。だから、私は定食屋の娘に生まれたんだ。そして、早苗と出会い、私の人生を生きてきたんだ――。

すとんと棚からものが落ちてくるように、私の中でいろんなものがつながっていくのを感じた。

静枝さんを見送ったら、早速、弥彦さんが私のそばにやってきた。いつものラフな格好から着物姿に変わっていた。

「うんうん。悟ってきたね」

「そんなふうに軽く言われると、かえって間違っているのかと落ち込むんですけど」

「あはは。ちょっと夢桜さんのところでお仕事なんだけど、雨も上がったし一緒に来てくれるかな」

信子さんのところへ行くのは久しぶりだった。

今日はお祝いの日でもあるからと、白い着物を着た信子さんは、相変わらずきれいだった。

ちょうど今日は信子さんのところの舞妓さんが芸妓さんになる襟替えがあって、その挨拶回りに弥彦さんに立ち会ってもらいたいとのことだった。

昨日までの衣装や化粧、かんざしを改めて舞妓から芸妓に生まれ変わる。

そんな娘の門出を、弥彦さんがお茶屋さんなどに挨拶回りでお披露目していくと、みなが祝福してくれた。

「鶴乃改め夢の鶴です。今後ともごひいきに」

「おや、女将さんから『夢』の文字をもらったのかい。女将さんの秘蔵っ子ってわけだ。みんなで大切にさせていただきますよ」

どこでも温かく迎えられ、襟替えの挨拶回りは無事に終わった。

「どう？　祇園の町で長年にわたって繰り返されてきた大切な儀式のひとつを見るこ

とができた感想は？」

「とってもきれいでした」

弥彦さんがくすりと笑ったあと、遠い目をした。

「夢桜さん、とうとう自分の名前の字を他の舞妓にあげちゃったな」

「それだけ大切にしてる舞妓さんだったからですよね？」

するると弥彦さんはさみしげに首を振った。

「昔の婚約者と食事をして悟るところがあったのかな。僕には、夢桜さんが一生、水森さんとの思い出に添い遂げる決意をしたとしか思えないんだ」

「え？」

「結婚して自分の子供ができたら、自分の名前から子供の名前をつけたりするでしょ。夢桜さんはそれを芸妓としての立場でしたように思えてね」

二夫《にふ》にまみえず。僕も神さまだからちょっと解釈が古いかもねと弥彦さんがほろ苦い顔で笑っていた。

「弥彦さん……」

「拓哉と僕はこんなふうに祇園をずっと見つめてきた。この儀式だけじゃない。祇園の町の喜びも悲しみも、笑い声も嘆きのため息も全部受け止めてきたんだ。ときにおばんざいを作り、別のときには男衆としてお手伝いしながらね」

それが、人間とともに生きるということ。きみももうこの祇園の一員なんだよと弥彦さんは言っていた。

「私が祇園の一員……」

「願わくば、きみが僕の苦手とするわがままな人間にならないでくれますように。たまには神さまの願いも聞いてくれるとうれしいな」

その目があまりにも純粋で真剣で、照れくさくて思わず目を伏せてしまった。


店に戻ると拓哉さんが前掛けを外していた。

「さっき電話があって今日の予約がキャンセルになった」

「ああ、ちょっともったいないですね」

「明日があるから材料の方は大丈夫だ。それよりちょうどいいところに帰ってきた。最中が食べたくなったから咲衣も一緒に来い」

店から出て拓哉さんと歩きながら、弥彦さんがさっき言っていたことを話した。

拓哉さんは黙って話を聞いていた。そのまま何もしゃべらず、『山城本舗』で最中を買い、店内で食べ始めるとぼそりと言った。

「咲衣が来てくれたことで、弥彦も変わったかもしれない」

「え？」

多分そんなことはないだろう。私はそんなに偉くないもの。

だけど、この祇園でいくつもの出会いをいただいた。

最初に『なるかみや』に来たときは半分捨て鉢な気分だった私を、拓哉さんのおばんざいが、弥彦さんの言葉が、祇園の人たちが受け入れてくれた。

だから、私も自分のこと全部を抱きしめることができた。

大きな別れもあったけど、それも私の選んだ道。それが私の選んだ道。

新しい人生は別人になることじゃない。

自分の本心を見つけ出して、自分の名前で生きていくこと。

何より私は生きている。

この想いを料理に託して誰かに食べていただくことができる。

それは祈りにも似た想いで——私が見つけた大切な心だった。

私が自分の想いを話すと拓哉さんは何も言わずににっこり笑った。

思わず見惚れてしまう素敵な笑顔。

私に向けられた笑顔のまなざしが、どこか早苗とだぶって見えた。

「もう少ししたら、ご実家には一度戻ってみた方がいいかもしれないな」

「え——？」

言われて、途方もない寂寥感に襲われた。

拓哉さんの祈る姿や調理する姿、弥彦さんのまなざしが急に遠くに行ってしまう気がして、たまらなくなった。

「何て顔しているんだ」と、拓哉さんがぎょっとしたような声を出した。

「いまの言葉は、実家に帰った方がいいということでしょうか」

拓哉さんが眉をしかめた。

「何でそうなる？　咲衣は大切な教え子だ」

「教え子……」

そう言ってもらえることはうれしいけど、そう言われることに対して、なぜか一抹のさびしさを自覚していた。

すると拓哉さんが通りを眺めながらぼそりと言う。

「俺だって弥彦以上に咲衣のことは気にかけているつもりだぞ」

「え？」

いま、私、何を言われた？

何か、「ほんとに？　すごくうれしいんだけど」って喜んでいいようなこと言われた気がする。

不意に、弥彦さんの顔と言葉がよぎった。

『咲衣さんは拓哉みたいなのがタイプなんだろうね。でも、きっと最終的に僕の方に来るんじゃないかな？』

その意味がいま分かった。

だって、拓哉さんは私にとって〝師匠〟でもあるのだから。いまのこのいい関係をそのままにしておきたい。だけど、拓哉さんの言葉もうれしいし、〝師匠〟でだめだから弥彦さんに、なんて考えるようなものではないはず。

何だか気持ちを持て余して自分でも分からなくなってきた。

いや、そもそも相手、神さまでしょ。不敬じゃないのか、私。

拓哉さんはクールな顔のまま、祇園祭の準備の人たちに視線を送っている。

「ご実家で、ここで学んだ一皿を出してみるといい。お客様にもご両親にも、きっと伝わるものがあるだろうから」

「……もう少し、時間をもらえないでしょうか。まだいろいろ自信が持てません」

そう答えた私を拓哉さんが不思議そうに見つめる。

「それならもうしばらくはここにい続けるといい。俺は焦らない」

向こうの方で修学旅行生の歓声が聞こえた。

『山城本舗』を出た拓哉さんが、あることを思い出した。

「早苗さん家族で貸し切りにしていた期間のおばんざい代、咲衣に請求してもいいか」

最後の最後にすごいことを言われた。しかし、誠太郎さんに請求するのも気がとがめる。やむを得ない。

「はい。大丈夫です。おいくらになりますか」

多分、とんでもない金額にはならないだろうと思うけど、途中でビュッフェもやったしなあ……。

「うちの最高価格だが、いいか」

最高価格って何それ。聞いたことないんですけど。

しかし、口ではこう答えた。

「……女に二言はありません」

おっかなびっくり金額を待つ私に、拓哉さんが右手の指を五本広げて見せた。

「五百円……ってことはさすがにないだろうから、五千円ですか？」

「――違う」

「ひょっとして五万円？」

これは私の知る限り、『なるかみや』の最高会計金額を更新している。

「全然違う」

ちょっとめまいがした。

「まさかとは思いますけど——五十万円、とかでしょうか」

拓哉さんが頭を振った。これ以上は無理です。勘弁してください。

不安におののく私に拓哉さんが言った。

「五円だ」

「……へ？」

「だから、五円。言うだろ。よい御縁がありますように。よい御縁でした。『なるかみや』の最高の料理の価格だ」

五円と御縁。

たしかに最高のお値段だった。

「——ふふ。うふふ。あはは。はははは」

拓哉さんといい弥彦さんといい、なんて素敵な双子の神さまなんだろう。こんなにお腹の底から笑いが込み上げてきたのは、早苗がいなくなってからは初めてだった。

「明日は誠くんの誕生日だったな」

「はい」

「盛大に祝ってやろう。早苗さんから最高価格でいただいているからな」

「ああ……！」

生真面目でクールな拓哉さんから「五円だ」と告げられたときの早苗の顔、ちょっと見たかったかも。

「サツマイモの甘露煮、咲衣に任せるからな」

「――はい！」

食べることが大好きな誠くんに一番ふさわしいものを作ってあげよう。

祇園のそこかしこが慌ただしくなっているのを見て、拓哉さんが教えてくれた。

「そういえば明後日から七月で祇園祭が始まるな。一日一組の『なるかみや』だが、祇園祭のときは忙しくなるぞ」

「あ、そのことで静枝さんからも仕入れの調整の話があって、拓哉さんに確認したいことがあったんです」

「分かった。店の中で詳しい話をしよう。弥彦もいた方がいいな」

京都の最大のお祭りの準備の喧噪が気持ちを盛り上げていく。噂には聞いていたけど、実物を見るのは初めてだ。

クールなくせにやさしくて素敵な神さまの背中を見ながら、『なるかみや』に戻る。

雲間から太陽の光が白く、幾筋も降り注ぎ、水たまりをきらめかせていた。

あとがき

みなさま、こんにちは。遠藤 遼です。

今回は『京都祇園　神さま双子のおばんざい処』をお読みくださり、本当にありがとうございます。

前回は、『京都伏見・平安旅館　神様見習いのまかない飯』と題して、京都伏見を舞台に書かせていただきましたが、今回は京都祇園が舞台となっています。

唐突ですけど、京都っておいしいものがいっぱいありますよね。

京懐石、湯豆腐に町家ごはん、それ以外にも和菓子の数々。

そして、おばんざい。

おばんざいを取り上げた理由については、作品の中で、双子の神さまのひとりである拓哉が少し違う角度から話してくれています。おばんざい、というのは京都における毎日のお惣菜。ちょっとした贅沢を楽しむことはあっても、気取らず飾らず、日々の力の源になる食べ物です。

そんなおばんざいのように、身近に寄り添ってくれて毎日の元気をくれる神さまを書こうと思ったのが、今回の出発点でした。

さらに、祇園と言えば芸妓や舞妓。本作にも、夢桜という芸妓が出てきます。作者として、どの登場人物も大切ですし、愛していますが、夢桜はある意味でこの物語のテーマを体現していて、もうひとりの主人公のような気持ちで書いていました。

結局、みんな幸せになりたいのだけど、不器用に生きているんですよね。成功ばかりの人生なんてないと思います。主人公の咲衣も京料理人の道を目指しても失敗しました。でも、双子の神さまに出会って別の道を選ぶ――。

失敗が不幸のように思えても、運命は別の扉を開けてくれる。そうして扉をくぐっていくうちに、個々の成功や失敗以外にも幸せがあるのだと気づく。『なるかみや』のおばんざいのように、その人オリジナルの幸せを人生は用意しているのだと思います。


最後になりましたが、この物語を書籍化していただきましたスターツ出版のみなさま方はじめ、すべての方々に心より感謝申し上げます。すばらしいイラストをお描きいただきました新井テル子様、心から感謝申し上げます。

どうか、読者のみなさまの心が、笑顔と幸福で満たされますように。

二〇一九年二月　遠藤　遼

この物語はフィクションです。実在の人物、団体等とは一切関係がありません。

遠藤 遼先生へのファンレターのあて先
〒104-0031　東京都中央区京橋1-3-1　八重洲口大栄ビル7F
スターツ出版（株）書籍編集部 気付
遠藤 遼先生

京都祇園　神さま双子のおばんざい処

2019年2月28日　初版第1刷発行

著　者　　遠藤 遼

発 行 人　松島滋
デザイン　カバー　徳重 甫＋ベイブリッジ・スタジオ
　　　　　フォーマット　西村弘美
編　　集　田村亮
発 行 所　スターツ出版株式会社
　　　　　〒104-0031
　　　　　東京都中央区京橋1-3-1　八重洲口大栄ビル7F
　　　　　出版マーケティンググループ　TEL03-6202-0386
　　　　　（ご注文等に関するお問い合わせ）
　　　　　URL　https://starts-pub.jp/
印 刷 所　大日本印刷株式会社

Printed in Japan

ISBN　978-4-8137-0636-6　C0193